블루밍

블루밍

다시
열일곱 살이
된다면

정여울

민음사

차례

2부 • 브레이킹 Breaking

3부 • 블루밍 Blooming

블루밍, 여물고 피어나고 흐드러지는
우리들의 열일곱 살을 위하여

『데미안』에서 『빨간 머리 앤』까지, 작가 정여울이 사랑한
온갖 '여묾'과 '피어남'과 '흐드러짐'의 이야기들. 그것이
『블루밍』을 만들어 가며 제가 꿈꾼 마음의 지도였습니다.
"다시 열일곱 살이 된다면, 꼭 꼼꼼하게 다시 읽고 싶은
작품들, 엄마에게 사 달라고 조르고 싶은 책들, 친구들과
독서모임을 하고 싶은 책들에 대한 이야기를 써 보고 싶
어요." 이 소원을 단 한 번 말했을 뿐인데, 그 한순간의 고
백을 잊지 않고 기나긴 기다림의 시간을 견뎌 준 이한솔
편집자님께 따스한 감사와 우정의 인사를 드리고 싶습니
다. 이 책은 다정하고 세심한 편집자의 기다림과 부추김,
열띤 응원과 지혜로운 조언이 없다면 결코 완성될 수 없
었을 테니까요.

　'다시 열일곱 살이 된다면'이라는 부제를 본 친구들

은 저에게 이렇게 묻더군요. "다시 열일곱 살이 된다면? 왜 하필 열일곱 살이야?" 아하, 이럴 때 저는 너무 신납니다. 제가 간절히 기다리고 기다린 질문이니까요. 친구들에게 저는 이렇게 대답해 주고 싶어요.

"열일곱 살은 나에게 정말 뜻깊은 나이야. 고등학생이 된 나이, 지옥 같은 입시전쟁의 출발선에 선 나이, 그리고 내가 처음으로 '이제 나는 내 인생에 책임을 져야 한다.'라고 생각한 나이거든. 게다가 내 인생이 도대체 어디로 흘러갈지 알 수 없는 기나긴 암흑의 터널로 들어가는 것 같은 공포를 처음으로 제대로 느낀 나이였어. 어른들은 하나같이 '공부해라.'라는 명령어로 단단히 무장한 채, 내가 꿈꾸는 모든 행복의 관문을 한사코 가로막는 것처럼 보였거든. 하지만 이상하게도, 입시전쟁을 알리는 온갖 위험신호가 내 앞에서 쉼 없이 깜빡이고 있었건만, 내가 가장 하고 싶었던 것은 소설책을 그야말로 끝없이, 지칠 때까지 읽고 또 읽는 거였어. 이야기의 힘만이 내 모든 고통을 잊게 해 주었거든. 또한 이야기의 힘만이 내가 살아가야 할 날들이 결코 끝없는 절망의 시간이 아니라고 증언해 주었거든. 이 모든 이야기의 힘이 없었다면, 나는 제대로 살아남지 못했을 거야. 살아남았다 하더라도, 아주 재미없고 지루한 어른이 되었겠지. 이야기의 힘이 나를 그 지옥 같은 입시전쟁에서 버티게 해 준 가장 큰 위로였어."

이렇게 대답해 드린다면, 제가 이 책을 이렇게 오랜 시간에 걸쳐 쓰고, 또다시 쓰고, 다듬고 매만진 이유를 이해해 주실까요.

다시 열일곱 살이 된다면. 다시 그 푸르른 열일곱 살로 돌아갈 수만 있다면. 그때처럼 몰래 참고서 뒤에 소설책을 숨겨 놓고 읽지는 않을 거예요. 엄마가 볼까 봐, 선생님께 들킬까 봐, 늘 소설책을 교과서나 문제집 밑에 꽁꽁 숨겨 놓고 읽었거든요. 제 사물함에는 항상 수많은 소설책이 계절마다 이름을 바꿔 가며 가득 쟁여져 있었답니다. 제가 이 모든 책들을 읽고 또 읽는 이유를 이제야 깨닫습니다. 이 책들을 읽는 순간, 저는 다시 열일곱 살이 되기 때문이에요. 이 책들을 읽는 순간, 저는 빨간 머리 앤이 되고, 『데미안』의 싱클레어가 되고, 『작은 아씨들』의 조 마치가 되고, 『키다리 아저씨』의 주디가 되고, 심지어 안데르센의 인어공주가 되기 때문입니다. 다시 열일곱 살이 된다면, 당당하게, 떳떳하게, 내 책상 위 가장 잘 보이는 곳에 『데미안』과 『빨간 머리 앤』, 『비밀의 화원』과 『작은 아씨들』을 펼쳐 놓고 싶습니다.

엄마가 시험 공부 안 하고 뭐하냐며 야단치시면, 이

렇게 대답하고 싶어요. "엄마, 지금 기말고사가 중요한 게 아니에요. 제게는 문학이 가장 중요해요." 분명 엄마에게 강력한 '등짝 스매싱'을 맞을 것이 빤하지만, 그래도 한 번 제대로 옴팡지게 반항해 보렵니다. 반항조차 못 하는 열일곱 살은, 너무 가엾잖아요. 돌이켜보면 '열일곱 살 이후'의 제 인생은 문학을 계속 끌어안은 채 앞으로, 또 앞으로 나아가기 위한 기나긴 투쟁이었으니까요. '제발 실용적인 공부를, 끝이 있는 공부를 해달라'고 애원하던 부모님에 맞서, '어쨌든 다 때려치우고 사법고시를 보라'고 무섭게 명령하던 부모님에 맞서, 제가 끝까지 포기하지 못한 길이 바로 문학작품을 읽고, 사랑하고, 그것에 대해 글을 쓰는 일이었으니까요.

제가 작가이기 때문에 문학이 중요한 것이 아니에요. 문학은 모든 사람에게 중요하답니다. 왜냐하면 우리 인간은 '나의 삶, 나의 이야기'만으로는 결코 만족할 수 없는 존재이고, '타인의 삶, 타인의 이야기'를 한 문장 한 문장 읽는 행위를 통해 비로소 진정한 어른이 될 수 있는 존재니까요. 삶에 찌든 어른들이여. 제발, 문학이 필요 없다고 말하지 말아 주세요. 문학 따위, 부동산 투자와 주식에 도움이 되지 않는다고 말하지 말아 주세요. 그럴 때마다 문학을 사랑하는 사람들의 두근거리는 심장이 하나둘

씩 사라져 간답니다. 『피터 팬』의 한 장면처럼요. '이 세
상에 요정 따윈 존재하지 않아'라고 누군가 중얼거릴 때
마다, 요정들은 한 명씩 죽어 간다고 하잖아요. 그러니 우
리 농담으로라도 '문학 따윈 중요하지 않아, 요정 따윈 존
재하지 않아, 인어공주 따윈 존재하지 않아.'라고 쉽게 말
하지 않았으면 좋겠어요. 그 모든 것들은 이 팍팍한 삶을
견뎌 내기 위해 우리 마음이 창조해 낸 아름다운 존재들
이니까요. 피와 살로 존재하지 않아도, 우리의 상상력과
눈물과 미소로 존재하는 '생생한 마음속의 실체'니까요.

　　『피터 팬』이 처음으로 무대 위에서 상연될 때, 사랑
스러운 피터 팬 대신 귀여운 요정 팅커 벨이 죽어 가는 장
면이 있었지요. 그때 피터 팬은 관객을 향해 애타게 외칩
니다. 죽어 가는 팅커 벨이 살아나기를 원한다면, 우렁차
게 박수를 쳐 달라고요. 요정이 살아날 수 있다고 믿는 분
들은, 꼭 박수를 쳐 달라고요. 그러자 관객들은 그야말로
우레와 같은 박수 소리로 뜨겁게 화답했다고 합니다. 팅
커 벨이 혹시라도 죽을까 봐 안타까워 미칠 것 같은 마음
으로요. 요정 따윈 결코 믿지 않았던 그 차가운 어른들의
마음이, 피터 팬과 팅커 벨과 웬디를 비롯한 수많은 배우
들이 불어넣은 간절한 '이야기의 힘'으로 뜨겁게 불타오
른 것이지요. 반드시 이 세상에 요정이 존재하리라 믿으

며 손바닥이 아플 정도로 뜨겁게 박수를 치는 다 큰 어른 관객의 심정으로, 저는 여전히 문학을 미치도록 사랑합니다.

문학이 제 곁에 있는 한, 저는 여전히 열일곱 살의 단발머리 소녀의 눈물과 미소를 잃지 않을 수 있으니까요. 이야기의 힘이 제 곁에 있는 한, 저는 영원히 마르지 않는 희망의 샘물을 퍼 나르는 유쾌한 이야기꾼이니까요. 여러분, 요정의 힘을 믿으세요? 인어공주의 존재를 믿으시나요? 빨간 머리 앤이 머나먼 나라의 이야기 속 주인공이 아니라 바로 우리들 자신이며, 우리의 친구이며 어머니이며 딸이기도 함을, 믿으시나요? 그렇다면 여러분은 여전히 '열일곱 살의 푸르른 씨앗'을 간직하고 계신 거예요. 여러분의 가슴 속에 그 모든 아름다운 이야기 속 주인공들의 피어남이, 흐드러짐이, 흩날림이 여전히 살아 숨 쉬고 있습니다.

열일곱 살, 그때는 어른들에게 들킬까 봐 몰래 숨겨놓고 읽었던 온갖 소설책을, 이제는 매일 온 집안 구석구석 버젓이 쌓아 놓고 읽을 수 있는 어른이 되어 무척이나 행복합니다. 『블루밍』을 통해 이 따사로운 행복의 약속을, 여러분과 함께 나누고 싶습니다. 다시 열일곱 살이 된다면, 여러분께 '마음껏 소설책을 읽어도 좋은 눈부신 시

간'을 선물해 드리고 싶어요. 거꾸로, 이 책 속의 소설을
읽고 또 읽을 수만 있다면, 우리는 다시 한번 피어나고,
흐드러지고, 흩날릴 수 있는, 아름다운 '블루밍'의 시간,
그 눈부신 열일곱 살을 처음부터 다시 살아 낼 것입니다.

2021년 가을,
팬데믹의 소용돌이 속에서도 여전히
희망과 사랑과 우정의 힘을 믿는 독자들을 그리워하며,
작가 정여울.

1부

비커밍
Becoming

우리는 끊임없이
'되어 가는(becoming)' 존재

J. M. 바스콘셀로스, 『나의 라임오렌지나무』

심리학의 가장 큰 적은 회의주의다. 이렇게 치료해 봤자 무슨 소용이 있을까, 정말 심각한 환자에게 이런 요법이 통할까, 이렇게 열심히 상담을 해 봤자 이렇게 열심히 들어 주어 봤자 과연 효과가 있을까 하는 의심과 회의가 상담사나 의사들은 물론 환자 스스로를 괴롭힌다. 마음속 은밀한 사생활은 MRI 스캐닝 같은 첨단 과학 기술로도 알아낼 수 없기에, 몸에 난 상처처럼 눈에 띄는 치유를 확인할 수 없기에, 심리 치유는 늘 어려운 과제다. 심리학에 관심을 갖게 된 이후 가장 희망적인 일은 주변에서 마음의 고통을 겪고 있는 사람이 실제로 심리 치료를 통해 치유되고 있다는 확신을 줄 때다.

　내 여동생이 바로 그런 사례였다. 그녀는 심각한 육아 스트레스와 출산 후 경력 단절로 오랫동안 힘들어했다. 우리 가족 모두 동생을 걱정하고 도와주려 했지만, 어떤 위로로도 그 아픔이 치유되지 않을 것 같았다. 게다가 당시 일곱 살이던 조카가 또 제 엄마를 어찌나 괴롭히는지, 그 어린 것이 엄마에게 상처 주는 방법을 매일 연구하는 게 아닌가 하는 걱정이 들 정도였다. 자신보다 아이를 더 걱정했던 동생은 아들을 위한 미술 치료를 시작했다.

그런데 1년 넘게 미술 치료를 하면서 동생은 아이와 함께 자신도 변화하는 것을 느꼈고, 미술 치료에 관심을 가지게 되어 미술심리치료사 1급 자격증까지 땄으며 지금은 교육학을 전공하고 있다. 이 모든 극적인 변화가 단 1년 만에 일어난 일이었다. 일곱 살 아들의 분노에 관심을 가지기 시작함으로써 이제는 자신의 상처와 용감하게 대면하게 된 동생은 요새 늦깎이 공부에 신이 났고, 그녀가 행복해지자 온 집안이 화목해졌다. 동생이 대학원에 가고 싶어 했지만 집안 형편 때문에 가지 못했던 오래전의 상처를 이제야 한풀이할 수 있게 되니, 제부는 물론 온 가족이 그녀의 공부를 환영하는 분위기다. 이것이야말로 성공적인 가족 치료의 사례가 아닐까 싶다.

마음의 상처는 대부분 가족 관계에서의 트라우마로부터 시작된다. '우리 가족은 겉으로는 공격적이지만 속마음은 착해.', '엄마아빠가 미웠지만 모두 날 위해서 그런 거였어.' …… 이런 식으로 문제를 회피할 것이 아니라, 우리 가족이 서로에게 분명 상처를 주었다는 사실을 진심으로 받아들이는 것 자체가 치유의 시작이다. 『나의 라임오렌지나무』는 그야말로 아이에게 상처 주는 가족의 전형이다. 아버지는 아이를 차근차근 훈육하기보다 조금만 화가 나도 무조건 때리는 방식을 택하고, 어머니는 돈을 버느라 항상 피곤에 절어 있어 집에 들어오면 말할 기운조차 남아 있지 않다. 주인공 제제가 불행한 환경 속에서도 굴하지 않고 자신만의 행복을 찾아 가는 과정은 아이뿐 아니라 어른에게도 치유의 스토리이다.

어른들은 자신들도 한때는 그렇게 장난꾸러기였다는 사실을 깡그리 잊고 어린 제제를 무조건 벌주고 때리고 욕한다. 제제가 아버지에게 학대당하는 장면은 어른이 되어 다시 읽어도 여전히 충격적이다. 허리띠는 마치 천 개의 손가락이 온몸 구석구석을 샅샅이 훑어 내리는 듯, 소년의 온몸을 짓이긴다. 제제는 두렵다. 이렇게 맞고 또 맞다가 정말 죽을까 봐. 아빠가 자신을 진짜로 죽일까 봐.

허공에 매달린 빨랫줄을 홀랑 끊어 그 많은 빨래들이 한꺼번에 와르르 땅으로 떨어지는 모습을 보고 싶은 마음, 너무도 외롭고 쓸쓸해 곁에 있는 라임오렌지나무와 대화를 하고 싶은 마음, 자신을 아껴 주는 선생님의 꽃

병에 꽃이 없음을 안타까이 여겨 남의 집 정원에서 몰래 꽃을 꺾어다 놓는 마음. 이 솔깃한 마음을 정말 행동으로 옮겨 버리는 과감함 때문에 제제는 늘 말썽꾸러기나 괴짜로 취급당한다. 그러나 '야단맞을 행동'의 뒷면에는 지긋지긋한 가난과 아버지의 매질 속에서도 끊임없이 '놀이의 행복'을 찾고, 자신의 말을 들어 줄 누군가를 필사적으로 찾으며, 자신을 사랑해 주는 사람을 걱정하는 따스한 마음이 숨 쉬고 있다.

　게다가 제제에게는 못 말리는 입심까지 있다. 남의 집 꽃을 꺾는 것은 도둑질이라 혼내는 선생님께 제제는 이렇게 항변한다. "세실리아 선생님. 이 세상은 하나님 것이 아닌가요? 이 세상 모두 하나님 것이잖아요. 그러니까 그 꽃들도 하나님 것이에요." 제제는 자신보다 더 가난하고 불쌍하다는 이유로 도로띨리아를 형제자매처럼 애틋하게 걱정한다. 모두가 따돌리는 아이와 친구가 된다. 다른 아이들은 그 애의 피부가 까맣다는 이유로, 가난하다는 이유로 같이 놀려 하지 않는다. 하지만 제제는 그 외로운 아이와 과자를 나눠 먹으며 다정한 친구가 된다.

　뽀르뚜까는 그렇게 이리 치이고 저리 치이는 제제를 폭력과 윽박지름이 아닌 사랑과 이해로 보살펴 준 첫 번째 타인이다. 뽀르뚜까는 제제와 모든 것이 반대다. 그는 부자이며, 나이 많은 어른이고, 모든 면에서 부족함이 없다. 하지만 자신이 가진 어떤 것도 자랑하거나 그것으로 남에게 군림하려 하지 않는다. 뽀르뚜까는 어른이지만 아이처럼 순수하고 천진하며, 제제는 아이지만 어른처럼 속 깊고 이해심이 많다. 이 '어른이'와 '애어른'이 만나 이루는 눈물겨운 우정의 하모니는 아무런 희망이 없어 보이는 제제의 인생에 따스한 등불이 되어 준다.

무정한 시간이 흘러 이제 뽀르뚜까 아저씨를 더는 만날 수 없게 되었을 때, 제제는 자신의 슬픈 어린 시절 마지막 버팀목이 되어 준 아저씨의 크고 깊은 사랑의 의미를 깨닫는다. 돈이 없어 아무런 장난감도 살 수 없는 제제에게 멋진 영화배우 포스터나 아름다운 놀이 구슬을 가져다준 뽀르뚜까. 제제가 아버지에게 구타당할 때마다, 세상에서 버려진 것 같은 느낌이 들 때마다 따스한 눈빛과 언어로 이 세상이 아직 '사랑할 가치'가 있음을 가르쳐 준 뽀르뚜까.

제제가 마흔여덟 살이 되어 뽀르뚜까에게 보낸 편지를 보면 이제 그 철없던 장난꾸러기 제제가 '또 한 사람의 뽀르뚜까'가 되어 이 세상에 사랑의 씨앗을 뿌리고 싶어 함을 알 수 있다. 제제는 세상에 없는 뽀르뚜까를 향해 속삭인다. 사랑하는 뽀르뚜까, 당신은 내게 인생의 따스함을 가르쳐 준 분이라고. 아무에게도 아픔을 이야기할 수 없었던 외로운 소년 제제는 이제 아이들에게 놀이 구슬과 포스터를 나눠 주는 다정한 어른이 되었다. 어른이 된 제제는 온몸으로 이해하기 때문이다. 따스함이 없는 세상은 무의미하다는 것을.

제제는 한번도 제대로 학교 교육을 받은 적 없이 그저 돈을 벌기 위해 여섯 살 때부터 일만 해 온 엄마를 가엾게 여겨 언젠가 어른이 되어 시인이 되면 꼭 자신의 시를 읽어 드리겠다고 다짐한다. 엄마는 제제에게 잘해 주는 편이라고. 엄마가 때릴 때는 아버지처럼 온몸을 마구잡이로 세게 때리지 않고, 가느다란 접시꽃 나뭇가지로 종아리만 찰싹찰싹 때린다고. 제제는 자신도 가난하고 힘들면서 자기보다 더 어려운 아이들을 걱정한다. 아이를 열한 명이나 키우는 그 집의 엄마는 남의 집 빨래를 하며 힘겹게 살아가고 있었다. 제제는 늘 배가 고팠지만 친구와 크림빵을 나눠 먹었다. 왜냐하면 엄마에게 배웠으니까. 아주 작은 것이라도 나보다 더 가난한 사람과 나눠야 한다고.

좋은 문학 작품은 고통 받는 개인의 아픔을 치유한다. 위대한 문학 작품은 고통 받는 개인을 넘어, 신음하고 있는 사회 자체에 커다란 화두를 던지고, 마침내 집단적 치유의 힘을 발휘한다. 『나의 라임오렌지나무』에는 그런 집단적 치유의 에너지가 있다. 이 작품이 감동적인 이유는 그토록 말썽꾸러기였던 제제가, 때로는 정말 심각한 문제아나 악동으로 보였던 제제가 뽀르뚜까와의 만남을 통해 '분명 변화하고 있다.'라는 믿음을 심어 주기 때문이다.

심리학이 우리에게 희망을 줄 때는 결국 인간이 더 높은 차원의 깨달음과 인격을 향해 나아가는 존재임을 증명할 때가 아닐까. 죽을 때까지 한 발 한 발 '더 나은 인간'을 향해 변해 가는 우리 자신의 '열린 마음'이야말로 가장 소중한 심리학의 보물이다. 그리하여 인간의 진정한 위대함은 '이미 그러함'이 아니라 '항상 조금씩 되어 감'에 있으니.

사랑이 없는 곳에
사랑의 빛을 선물하다

프랜시스 호지슨 버넷, 『비밀의 화원』

사랑따윈 전혀 관심없는 메마른 사람, 혹은 사랑을 경험
해 볼 기회조차 없었던 지독히 외로운 사람에게 사랑의
소중함을 가르쳐 주는 이야기야말로 불패의 신화다. 그
런 이야기들은 오랜 세월이 흘러도 변함없이 깊은 감동
과 싱그러운 깨달음을 준다. 오직 농장의 규칙적인 일상
을 유지하는 것 외에 타인에 대한 관심은 전혀 없었던 마
릴라에게 진정한 사랑의 의미를 가르쳐 주는 소녀 『빨간
머리 앤』의 이야기며 사랑을 받아 본 적도 해 본 적도 없
는 고아 소녀 주디가 키다리 아저씨의 조건 없는 사랑을
통해 자신이 결코 혼자가 아님을 깨닫게 되는 『키다리 아
저씨』를 생각해 보자. 하지만 『비밀의 화원』의 외톨이 소
녀 메리처럼 사랑을 원천적으로 받아 보지 못한 아이에
게 사랑을 가르친다는 것은 너무 어려운 일이다. 게다가

청개구리 소녀 메리는 '가르침' 따위는 좋아하지 않으니, 누군가 자신에게 사랑을 가르친다는 눈치를 전혀 채지 못하도록 쥐도 새도 모르게 사랑을 준다는 것은 또 얼마나 어려운 일일까. 자연스럽게 메리에게 사랑을 가르친다는 것은 마치 밑그림이나 계획조차 없이 거대한 하얀 캔버스를 빼곡하게 채우는 일처럼 어려운 일이다.

하지만 바로 그 어려운 일, 사랑에는 관심조차 없는 존재에게 사랑의 빛을 실어 나르는 것이야말로 문학의 힘이다. 『비밀의 화원』은 바로 그 아름다운 문학의 힘을 보여 준다. 인도에 살던 부모가 콜레라의 창궐로 모두 죽게 되자, 어린 메리 레녹스는 으리으리한 대저택에 홀로 남게 된다. 하지만 메리에게 '아무도 나를 사랑하지 않는다.'라는 믿음은 이미 오래전부터 생겨난 것이었다. 부모는 콜레라가 창궐하기 전부터, 아니 메리가 태어나기 전부터 메리를 원하지 않았기 때문이다. 원치 않는 딸이 태어나자마자 딸 메리를 유모 '아야'에게 맡긴 부모는 메리를 다정하게 한번 안아 주지도 않은 채 그렇게 세상을 떠나 버리고 만다. 메리는 유모 아야조차 자신을 사랑하지 않았다는 것을 알고 있으며, 솔직히 말해서 사랑이 무엇인지를 아예 알지 못한다. 사랑받지 못했기에 사랑하는 법조차 몰랐던 메리는 법적 후견인인 고모부가 살고 있는 영국으로 오게 된다. 고모부 크레이븐의 집에는 무려 10년간 아무도 들어가지 못하게 막아 놓은 비밀의 정원이 있었고, 다시 한번 낯선 집에 혼자 남겨진 메리는 그 비밀의 정원에 대한 무한한 호기심을 키우게 된다. 『비밀의 정원』에서 외롭고, 버릇없으며, 예의조차 없는 메리를 아름다운 꽃들의 세계로 이끄는 것은 바로 하녀 마사다.

메리는 혼자 놀아야 한다는 것을 알고 당황한다. 한 번도 혼자서 놀아 본 적이 없는 것이다. 하지만 마사는 이제부터 혼자 노는 법을 배우라고 일러 준다. 마사는 자신의 동생 디콘 이야기를 들려준다. 디콘은 황무지에서 혼자 놀면서 조랑말과 양들과 새들의 친구가 되었다고. 집에는 먹을 것이 항상 부족하지만, 디콘은 항상 빵 조각을 남겨서 동물들에게 나눠 준다고. 디콘이 나타나면 새들이 날아와서 손에 있는 모이를 쪼아 먹는다고.

메리는 비밀의 정원과 디콘이라는 사랑스러운 아이에게 금세 마음을 빼앗긴다. 마사가 들려주는 이야기는 온통 새롭고 낯선 것들인데, 그 이야기는 씩씩하고 건강하게 자신의 삶을 가꿀 줄 아는 보통 사람들의 이야기이기도 했다. 옷을 혼자 입어 본 적도 없고, 배고픔도 모르며, 타인이 가엾다는 생각도 해 본 적 없는 이 신기하고도 어처구니없는 소녀 메리에게 마사는 솔직하게 자신의 의견을 말한다. "아가씨는 아무래도 머리가 나쁜 것 같아요." 장갑조차 혼자 끼지 못해 마사가 끼워 줄 때까지 가만히 서 있는 메리를 보며 마사는 이렇게 말한다. 자신의 동생들은 메리보다 훨씬 어리고 교육을 받지 못했는데도 무엇이든 혼자 척척 잘 해낸다는 이야기를 들려주며. "우리 수전 앤은 겨우 네 살인데도 아가씨보다 두 배는 총명하다고요. 가끔 아가씨는 너무 멍청해 보여요." 메리는 이 이야기를 듣고 화가 잔뜩 나지만, 비로소 자신에게 뭔가 문제가 있다는 것을 처음으로 깨닫게 된다. 왜 나는 밥도 혼자 먹지 못하고, 옷도 혼자 입지 못하고, 산책도 혼자 나가지 못하는 것일까. 메리는 바로 그런 질문을 통해 진정으로 독립적인 아이, 자신을 보살필 수 있는 아이로 거듭나게 된다. 메리는 그동안 자신의 명령에 복종만 하는 하인들과 같이 살았지만, 이제는 그럴 수 없음을 깨닫는다. 메리는 자신에게 솔직하고 당당하게 의견을 말하는 마사를 보면서 오히려 매력을 느낀다. 아, 내가 옷을 혼자 못 입는 것은 부끄러운 일이구나. 그리고 무엇이든 혼자 해낼 수 있는 아이, 디콘을 비롯한 마사의 동생들이 멋져 보이기 시작한다.

『비밀의 화원』에서 온갖 파란만장한 사연을 거쳐 결국 절친한 벗이 되는 삼총사 메리, 디콘, 콜린은 '비밀'을

공유함으로써 진정한 동지가 된다. 콜린의 아버지 크레이븐이 '내 아내가 저 정원에서 죽었다.'라는 트라우마 때문에 다시는 가 보려 하지 않고 누구도 들어가지 못하게 만든 그 비밀스러운 정원이 바로 이 세 친구의 비밀이 되는 것이다. 어디에도 마음 붙일 데가 없었던 메리는 하녀 마사를 통해 비밀의 화원의 존재를 알게 되고, 그 비밀의 화원에서 온갖 꽃씨를 뿌리고, 나무를 보살피고, 꽃들이 피어나는 과정을 지켜보고, 귀여운 울새와 친구가 되며 비로소 '삶의 기쁨'을 온몸으로 체험하게 된다.

　　마사가 메리에게 혼자 옷을 입는 법, 줄넘기를 하여 몸이 튼튼해지는 법, 모든 것을 독립적으로 해낼 수 있는 법을 가르쳐 준다면 디콘은 씨앗을 뿌리는 법, 잡초를 가려내어 뽑고 흙을 단단하게 다지는 법, 그리고 온갖 동물들과 친구가 되는 법을 알려 준다. 마사가 홀로서기의 소중함을 가르쳐 준다면, 디콘은 함께하기의 소중함을 알려 준다. 홀로서기와 함께하기를 동시에 배우며 메리는 비로소 사랑스러운 존재, 사랑할 줄 아는 존재로 변신한다. 『비밀의 화원』에서 항상 올바른 답을 알고 있는 사람들은 부자들이나 귀족들이 아니라 하녀나 빈민들이다. 경제적으로는 궁핍하지만 마음은 그 누구보다 풍요로운 사람들이다.

　　마사네 가족은 가난하지만 누구보다도 풍요로운 지혜로 삶을 꾸려 나간다. 마사의 동생 디콘은 메리로 하여금 세상을 향한 호기심, 자연의 아름다움을 향한 열린 마음을 갖도록 이끌어 준다. 디콘으로 인해, 아무것에도 호기심을 보이지 않던 아이, 그 무엇도 사랑하지 않던 아이, 그 무엇에도 열정을 보이지 않던 메리가 처음으로 세상에 뜨거운 관심을 갖기 시작한다. 『비밀의 화원』의 진정한 신스틸러라고 할 수 있는 디콘은 삶은 그 자체로 아름다운 것임을, 살아 있다는 것만으로도 기적 같은 축복임을 알려 준다. 디콘은 사랑과 우정에 대한 열망 자체가 없었던 메리에게, 사랑에 대한 열망, 이 세상의 아름다움에 대한 호기심, 살며 사랑하며 기뻐해야 할 이유를 가르쳐 준다.

　　이 버려진 정원은 콜린의 어머니, 크레이븐 부인이 직접 만들고 가꾼 것이었다. 정원사들의 도움을 받지 않고 오직 부부의 힘만으로 가꾼 곳. 지금은 폐허지만 한때는 너무도 아름다웠던 사랑의 장소. 크레이븐 부부는 이 정원에서 이야기를 나누고 책을 읽으며 이곳을 둘만의 낙원으로 만들었다. 소녀 같은 감성을 지녔던 크레이븐 부인은 나뭇가지에 올라앉아 오후의 한때를 보내기를 즐겼다. 그러던 어느 날 나뭇가지가 부러지면서 부인은 크게 다쳤고, 다음 날 숨을 거두고 말았다. 그 후 실의에 빠진 남편, 크레이븐 씨는 아무도 그 정원에 들어가지 못하게 막아 버린 것이었다.

　비밀의 화원은 상처받은 어른 크레이븐에게는 도저히 치유할 수 없을 것만 같은 고통의 장소이지만, 이제 막 삶의 기쁨을 알아 가는 메리에게는 새로운 탄생의 장소이자 진정한 성장의 장소가 된다. 크레이븐은 아내가 정원에서 죽었다는 이유로 정원을 미워하고, 아들 콜린도 자신처럼 곱사등이가 될지도 모른다는 이유로 미워한다. 그러나 콜린은 그에게 일어난 불행과 아무런 관련이 없고, 사랑받을 자격이 있으며, 새로운 삶을 살아갈 권리가 있다. 크레이븐이 상처받은 마음을 추스르고 아들에게 사랑을 주었다면 콜린은 병약하고 신경질적인 아이, 모두가 기피하는 아이, 언제 죽을지 모르는 아이로 자라지 않았을 것이다. 하지만 비밀의 화원을 통해 메리와 디콘과 친구가 됨으로써, 콜린은 어른들에게 받지 못한 사랑을 친구들에게 받게 된다. 살아 있지만 유령이나 다름없는 취급을 받았던 아이 콜린은 비로소 신선한 공기를 마시며 정원을 거니는 기쁨을, 삶을 있는 그대로 사랑하는 여유를, 사람들에게 '명령'이 아니라 '부탁'을 할 수 있는 따스한 마음을 배운다.

아무도 보살피지 않았기에 잡초가 무성한 정원. 그
속에서 메리는 연둣빛 새싹을 발견한다. 새싹들은 사투
를 벌이고 있었다. 빽빽한 잡초 사이를 뚫고, 조금이라도
더 자라나기 위해. 메리는 본능적으로 잡초를 뽑아 새싹
이 숨 쉴 공간을 만들어 준다. 이제 새싹이 숨을 쉴 수 있
게 되었구나. 새싹들의 숨통을 틔워 주는 메리의 입가에
는 전에 없던 미소가 피어난다. 메리는 기쁨에 넘쳐 소리
친다. 이곳은 완전히 죽어 버린 정원이 아니었다고. 늘 무
표정한 얼굴로 모든 사물을 심드렁하게 바라보던 메리.
그야말로 세상을 향한 아무런 애정도 관심도 없던 메리
에게 드디어 사랑을 표현할 공간, 사랑을 배울 공간이 생
긴 것이다. 메리는 정원에서 연둣빛 새싹이 흙을 뚫고 돋
아나는 장면을 보았다. 그것은 정원이 메리에게 선물한
기적이었다. 희망도 사랑도 느끼지 못했던 메리는 정원
의 새싹을 바라볼 때마다 가슴 깊은 곳에서 따스한 기운
이 자라남을 느낀다.

정원 가꾸기를 통해 점점 더 건강과 활기를 찾기 시
작하는 메리의 모습은 독자의 입가에 미소를 떠오르게
한다. 10년간 아무도 들어가지 않았다는 그 비밀의 정원
이 아이의 호기심을 자극하고, 그 정원을 다시 아름답게
가꿀 수 있는 비법을 주변 사람들에게 물어보면서 메리

는 그전에는 전혀 없던 '사회성'을 기르게 된다. 다른 사람에게 친절하고 다정하게 굴어야 원하는 것을 얻을 수 있다는 것도 알게 되며, 누군가에게 친절과 자비를 베푸는 것은 자기 자신에게도 좋은 일임을 알게 된다. 다정함, 환대, 예의 바름, 사려 깊음, 배려심이 필요한 순간들이 언제인지를 알게 되고 그런 것들이 삶에서 얼마나 중요한 역할을 하는지 배우는 것. 그것이야말로 메리가 정원 가꾸기를 통해 배우는 삶의 지혜다. 마치 온 세상이 겨울이라 기를 펴지 못하던 꽃과 나무들이 봄이 오면 일제히 기지개를 켜며 아름다운 꽃과 풀잎을 돋아나게 하듯이, 그렇게 삶을 한층 풍요롭고 아름답게 가꿔 주는 것이 바로 친절과 배려와 사랑과 우정과 보살핌임을 알게 된다. 정원의 나무와 꽃들이 자라는 것을 보는 것만으로도 기쁨을 느끼는 메리는 이제 더 이상 차갑고 버릇없는 밉상 소녀가 아닌 것이다.

나무와 꽃들이 제대로 자랄 수 있게 씨앗을 뿌리고, 물을 주고, 땅을 다져 주고, 잡초를 뽑아 주면서 메리는 진정으로 보살핌을 주고받는다는 것이 무엇인지, 애정을 가지고 무언가를 깊이 돌보고 챙겨 주었을 때 어떤 기적이 일어나는지를 알게 되며, 모든 사람들은 그런 보살핌과 돌봄 속에서 살아야 함을 알게 된다. 비밀의 정원을 마치 자신의 보물처럼 아끼고 사랑할 것을 맹세하면서 메리는 점점 더 나은 사람이 되어 간다. 무언가 진정으로 지켜 주어야 할 대상이 생기자 메리는 강해지고 유연해지고 사랑스러워진 것이다. 아이들에게 장난감을 사 주고 돈을 주는 것보다 더 좋은 일은 '키우고, 돌보고, 사랑해 줄 수 있는 식물'을 선물해 주는 것이 아닐까. 이렇듯 누군가의 돌봄이 필요한 대상, 누군가의 사랑이 필요한 대상과 함께함으로써 아이들은 살아 있는 존재를 사랑함으로써만 얻을 수 있는 생의 아름다움을 배우는 것이다.

디콘은 메리가 다시 깨워 낸 비밀의 정원을 보며 감탄한다. 메리와 디콘은 함께 정원 구석구석을 돌보며 함께 기뻐한다. 그들은 지금 있는 힘껏 깨우고 있다. 오랫동안 비밀스러운 침묵 속에 잠들어 있던 정원을. 사랑하는 아내를 잃은 크레이븐 씨의 상처와 분노 때문에 누구도 발을 들일 수 없었던 정원을. 정원을 깨우는 일은 폐허가 되어 버린 땅에 새로운 생명을 초대하는 일이었다. 메리와 디콘은 바로 그 새로운 생명을 정성껏 돌본다. 새싹이 자라나도록, 꽃들이 피어나도록, 나무들이 힘껏 자라나도록.

최근에 불가피한 사정으로 외출을 거의 하지 못하고 실내에서 글만 쓰다 보니 저절로 '어딘가 소풍이라도 가고 싶다.' 하는 생각이 들었다. 자꾸만 머릿속에서 풀향기와 꽃내음이 아른거렸다. 본의 아니게 집 안에 갇혀 있던 내 몸은 본능적으로 나무들, 잎사귀들, 꽃잎들, 흙내음을 원하고 있었다. 꽃과 나무의 형태나 향기를 생각하는 것만으로도 기분이 나아졌다. 먼 산을 바라보는 것만으로도, 하늘을 간지럽히는 듯한 드높은 가로수의 당당한 위용을 바라보는 것만으로도 스트레스와 피로가 풀린다. 최근 생명과학 연구에서는 자연 경관을 바라보는 것만으로도, 도시 속에 가로수나 정원수나 화단이 존재한다는 것만으로도 질병의 회복 속도가 빨라진다는 결과가 속속 보고되고 있다. 원예치료, 플라워테라피라는 개념이 각광받고 있을 정도로, 식물을 바라보고 가꾸는 삶은 그 자체로 치유 효과가 있다.

『비밀의 화원』은 '자연의 위로'와 '문학의 위로'가 아름다운 듀엣을 이루어 완벽한 하모니를 연주해 낸다. 꽃과 나무가 가득한 정원을 상상하는 것만으로도 치유적인데 그 위에 문학 작품 속의 은유와 상징의 향기까지 가득 실어 보내다니, 우리의 마음뿐 아니라 몸에도 분명 좋을 수밖에 없지 않을까. 정원의 아름다움과 문학의 향기가 한데 어우러져 우리의 슬픔을 날려 버릴 『비밀의 화원』과 함께, 사랑이 없는 메마른 마음의 땅에 사랑의 씨앗을 뿌리는 오늘이 되기를. 사랑의 빗물이 다 말라 버린 메마른 마음의 토양에 포기하지 않고 또 다른 사랑의 씨앗을 뿌리는 것이야말로 문학의 힘이니까. 당신의 감정이 너무 메말라 있다면, 마음속에도 햇빛 한 자락이 필요하다는 생각이 들 때면 부디 메리, 콜린, 디콘이 가꾸는 비밀의 화원으로 언제 어디서나 소풍을 나오시기를. 메리가 가꾸는 비밀의 화원, 그곳에는 우리가 잃어버린 사랑, 우리가 가진 줄도 몰랐던 꿈, 우리가 잃어버린 순수한 '내면 아이'가 살고 있으니까.

메리는 정원을 깔끔하게 다듬고 싶어 하지 않는다. 조금은 헝클어진 모습으로, 때로는 자유분방한 모습으로, 자연스럽게 가지가 늘어져 있고 넝쿨이 우거진 그런 정원. 보살핌을 받고 있기는 하지만 식물의 뜻을 거스르지는 않는 그런 정원이 메리와 잘 어울릴 것만 같다. 메리는 놀라운 통찰력으로 이렇게 말한다. "깔끔하게 다듬지 말자." "이곳이 깔끔하면 비밀의 화원이 아닐 것 같아." 기하학적으로 정확하게 재단된 정원이 아니라 자연스러움과 여유로움이 묻어 있는 비밀의 화원에서, 메리는 야생의 소년 디콘과 창백한 은둔자 콜린과 함께 '다시 용기를 내어 삶을 시작할 수 있는 힘'을 발견한다. 나 또한 메리의 정원에서 잃어버린 나, 아직 한번도 가져 본 적이 없는 나를 발견한다. 버려진 비밀의 화원은 어쩌면 우리 어른들의 잃어버린 가능성이 아니었을까. 잃어버린 순수, 감춰 버린 꿈들, 오래전 '난 안 될 거야.' 하고 포기해 버린 희망들. 그 버려진 꿈의 씨앗들이 아직 우리 마음속 비밀의 화원에서 간절하게 누군가를 기다리고 있는 것이 아닐까. 제대로 물을 주고, 햇빛을 쬐어 주며, 바람이 통할 수 있도록 해 주기만 한다면, 언제든 자랄 수 있는 우리 마음속 버려진 꿈의 씨앗을 만나 보는 시간. 그것이 내게는 문학과 함께하는 시간이며, 『비밀의 화원』처럼 소담스러운 문학 작품을 만나는 시간이다.

　우리에겐 아직 더 다정하고 친밀한 시선으로 가꾸어야 할 수많은 비밀의 화원이 있다. 그것은 우리 마음속에도 있고, 버려진 자연의 공간 속에도 있으며, 아직 개척하지 않은 모든 인간의 가능성 속에도 있다. 우리가 미처 돌보지 못한 비밀의 화원을 가꾸는 일. 그것이 바로 문학 작품을 읽고, 기억하고, 함께 이야기를 나누는 시간이 아닐까. 메리와 함께, 버려진 정원을 가꾸는 시간은 곧 잃어버린 내 안의 눈부신 꿈과 잠재력을 되찾는 시간이다.

오직 나만의 길을 걷는
용기와 함께

그림 형제, 『라푼첼』

어린 시절 『라푼첼』을 읽었을 때 '내가 읽어 본 가장 슬픈 동화'라는 생각이 들었다. 신데렐라는 아름다운 유리 구두에 꼭 맞는 주인이 되어 멋진 왕자와 행복하게 결혼하고, 백설공주는 죽어서도 일곱 난쟁이의 사랑을 듬뿍 받으며 마녀의 독이 든 사과를 뱉어 내고 마침내 왕자와 결혼하게 되는데 우리의 가여운 라푼첼은 마지막에 왕자와 결혼하는 것은 비슷하지만 어쩐지 가장 비참하고 쓸쓸한 느낌을 주었다. 오랫동안 그 이유를 알지 못했는데, 나중에 어른이 되어 『라푼첼』을 다시 읽어 보니 그제야 그녀가 그토록 안쓰러웠던 이유를 이해할 수 있었다.

첫째, 라푼첼은 부모로부터 완전히 버림받았다. 신데렐라의 아버지는 비록 딸의 고통에 무지했지만 그녀를 거리로 내치지는 않았고, 백설공주의 어머니는 일찍 죽었지만 딸을 매우 사랑했는데, 유독 라푼첼은 부모님으로부터 사랑을 받지 못하고 태어날 때부터 버려진다. 그것도 부모의 부주의함과 비굴함 때문에. 라푼첼의 부모는 아이가 태어나기를 간절하게 기도했다. 비로소 아내가 아기를 가졌을 때, 아내는 이웃집 정원에 무럭무럭 자라고 있는 싱그러운 상추가 너무도 먹고 싶었다. 그 상추는 이웃집의 마법사 고텔의 것이었는데, 그녀는 워낙 무시무시한 존재로 소문나 있어서 아무도 그녀에게 대적할 수 없었다. 남편은 상추를 먹지 않으면 도저히 견딜 수 없을 것 같다며 괴로워하는 아내를 위해 상추를 몰래 따다가 아내에게 맛있는 샐러드를 먹이며 기뻐하지만, 기쁨은 잠시였다. 상추를 또다시 몰래 서리해서 나오는 순간 고텔에게 딱 걸리고 만다. 마법사 고텔은 무시무시한 표정을 지으며 라푼첼의 아버지를 협박하고, 라푼첼의 아버지는 한번 제대로 저항하지도 못한 채 비겁하게 타협을 하고 만다.

마법사는 불같이 화를 낸다. 감히 도둑처럼 나의 상추를 훔쳐 가다니, 톡톡히 대가를 치르게 될 것이라고. 아버지는 아내의 고통을 호소하며 제발 자비를 베풀어 달라고 부탁한다. 그러자 마녀는 상추를 내주는 대신 조건을 제시한다. 아내가 아기를 낳으면 그 아기를 자신에게

달라고. 놀랍게도, 겁에 질린 아버지는 이 말도 안 되는
거래 조건을 받아들이고 만다. 이 충격적인 거래를 통해
뱃속의 아기는 마법사에게 팔린 것이다. 마법사 고텔은
아이 이름을 상추라는 뜻의 '라푼첼'이라 짓고 엄청나게
높은 탑 위에 가둬 놓은 채, 라푼첼을 세상과 완전히 단절
시켜 버린다. 아버지는 딸 라푼첼을 버렸고, 이후에 부모
는 라푼첼을 찾으러 오지 않는다.

둘째, 라푼첼은 인간 사회의 보호를 받지 못한 채 마
녀의 손아귀에서 키워진다. 백설공주가 일곱난쟁이의 공
동체 속에서 사랑과 보살핌을 받은 것과 달리, 신데렐라
가 미움을 받으면서도 그래도 '세상 사람들 사는 모습'이
어떤 것인지는 알면서 꿋꿋하게 버텨 낸 것과 달리, 라푼
첼은 진정 사람답게 사는 것이 어떤 것인지조차도 모르
는 상태로 살아간다. 마법사 고텔의 행동은 '납치'와 '감
금'이었지만, 그것을 모르는 라푼첼은 고텔이 성으로 찾
아올 때마다 자신의 탐스러운 긴 머리를 탑 아래로 늘어
뜨려 그녀가 자신에게로 올 수 있게 해 준다. 라푼첼은 열
다섯 살이 되도록 세상만사를 전혀 모른 채 살아간다. 자
신의 부모가 자신을 버렸다는 사실조차도 모른 채. 자신
을 이용하기만 하는 마법사 고텔이 어머니라고 믿으며.

셋째, 라푼첼은 사랑하는 사람과도 오랫동안 이별

하여 그의 생사를 알 수도 없는 상황에 빠진다. 게다가 신데렐라와 백설공주와 달리 라푼첼은 쌍둥이를 임신한 채로 황무지에 버려진다. 왕자는 라푼첼의 성으로 침입하여 첫눈에 라푼첼과 사랑에 빠지지만, 그 행복은 잠시뿐이었다. 마법사는 라푼첼과 왕자가 열애중이라는 사실을 전혀 몰랐는데, 어느 날 라푼첼이 무심코 이런 말을 꺼내고 말았다.『라푼첼』에서는 가장 흥미로운 대사이기도 하다. 라푼첼의 이야기를 간접화법으로만 전달해 주던 그림형제가 잠시 라푼첼에게 이야기의 마이크를 쥐여 준 것이다.

　"왜 왕자를 끌어올릴 땐 하나도 힘들지 않은데, 어머니를 끌어올리는 건 이렇게 힘든 걸까요?" 라푼첼의 진심이 자신도 모르게 불쑥 튀어나온 것이다. 실제 무게는 당연히 건장한 젊은 남자 쪽이 훨씬 무겁겠지만, 사랑에 빠진 라푼첼에게는 왕자를 끌어올리는 일이 훨씬 더 쉽게 느껴졌다. 사랑의 힘이 만들어 낸 엄청난 차이였던 것이다. 라푼첼을 자기가 키워 주고 있다고 믿었던 마법사는 분노에 사로잡힌다. 세상에서 완전히 격리시켰다고 믿었는데, 오직 자신의 소유물로 만든 줄 알았는데, 그녀가 낯선 남자와 사랑에 빠져 버린 것이다. 마법사는 라푼첼의 치렁치렁한 머리카락, 그 황금빛으로 물결치는 머리카락을 잘라 버린다. 탐스러운 머리채를 왼손으로 움켜잡고 오른손으로 가위를 들어 싹둑싹둑 잘라 버린다. 왕자와의 사랑을 이루어 준 기적의 연결고리, 라푼첼의 아름다운 머리카락이 순식간에 낯설고 생명력 없는 '사물'이 되어 버린다. 동시에 라푼첼은 자유를 얻는다.

라푼첼은 태어나서 처음으로 어머니, 아니 자신을 감금한 여자 마법사에게 저항을 한다. 만일 왕자의 '침입'이 없었더라면, 라푼첼은 영원히 바깥 세상과 절연당한 채로, 인간다운 삶을 살지 못한 채 죽었을지도 모른다. 왕자의 침입은 삶에서 '타자의 출현'이 얼마나 중요한 사건인지를 알려 주는 상징적 사건이다. 나와 내 가족이 아닌 '진짜 타인'이 존재할 때 우리는 비로소 사회의 일원이 된다. 마법사를 늘 자신의 머리카락으로 들어 올렸을 때는 그녀가 무거운지 몰랐는데, 이제 왕자와 마법사를 비교해 보니 확실히 마법사가 무겁게 느껴지는 것이다. A와 B를 비교할 수 있다는 것, 그것은 라푼첼에게 '타자를 인식하는 현실 감각'이 생겼다는 뜻이다. 가짜 어머니가 곧 세상이었던 인식의 한계를 벗어나 가짜 어머니 이외의 것들, 즉 진짜 세상과 만나기 위한 전초전이 시작된 것이다. 사랑의 힘 때문에 건장한 남자가 오히려 나이 든 노파보다 더 가볍게 느껴지는 심리적 역전 효과이기도 하다.

그러나 이 깨달음의 대가는 혹독하다. 여자 마법사는 라푼첼을 황야로 데려갔고, 라푼첼은 그곳에서 아주 슬프고 고통스럽게 지내야 했다. 그날 밤, 여자 마법사는 가위로 잘라 낸 라푼첼의 머리채를 창문 고리에 붙잡아 매어, 왕자를 속인다. 왕자는 괴로움을 못 이겨 성 밖으로 추락하여 시력을 잃은 채로 온세상을 방랑한다. 몇 년만에 마주한 두 연인은 험난한 세상의 풍파에 시달려 이전과는 아주 다른 모습이었다. 하지만 이 간난신고가 왕자와 라푼첼의 삶에서 매우 중요한 인식의 관문이 된다. 그들은 사랑의 고통과 함께 사랑의 절실함과 소중함을 깨달았으며, 어떤 마법도 어떤 재력도 통하지 않는 세계, 오직 현실의 거친 황야에서 살아남는 법을 배운다. 그들의 시련이 곧 그들의 성장을 위한 기회였던 것이다.

아무리 힘든 상황에서도, 라푼첼은 굴하지 않는다. 그림동화에 자세히 묘사되어 있지는 않지만 한번도 누군가의 도움을 받아 보지 못한, '사회'라는 공동체의 도움을 받지 못한 라푼첼은 홀로 쌍둥이를 낳아 기르며 온갖 산전수전을 다 겪었을 것이다. 황무지에서 비참하게 살아가는 라푼첼이었지만 오직 살아남는다는 것, 이제 '라푼첼'이라는 치욕적인 뜻을 가진, 잘못된 인연과 억압적 관계를 상징하는 이름의 존재가 아닌 새로운 존재로 다시 태어난 것이다.

황무지여도 좋다. 아무도 나를 돕지 않아도 좋다. 살아남을 수만 있다면. 라푼첼이라는 구속에서 벗어나 누군가의 딸로서 감시받는 상황을 벗어날 수만 있다면. 라푼첼은 추방당했지만 자유를 얻었다. 비참한 굶주림과 추위를 견뎌야겠지만, 오직 자유만이 그녀를 견디게 할 것이다. 『라푼첼』은 진정 자기 자신이 된다는 것의 고통을 일깨운다. 진정 나 자신이 되는 길, 그것은 이 행복 저 행복 골고루 다 챙겨 가면서 누릴 수 있는 안일한 축복이 아니다. 아무도 나를 사랑해 주지 않는다는 고립감 속에서 라푼첼이 느껴야 했던 고통, 누구도 나를 돕지도 사랑하지도 지켜주지도 않는 상황에서도 내가 나를 지켜야 한다는 절박함 속에서 라푼첼은 진정한 자기 자신으로 거듭난다.

내가 만약 동화 작가라면 라푼첼을 더 용감하게 그렸을 것 같다. 기적적으로 왕자와 재회하여 결혼하지 않고, 아름다운 금발 머리카락을 능숙하게 다듬는 본래의 솜씨를 되살려 당당한 헤어 디자이너로 그녀가 독립하는 모습을 그려 내고 싶다. 동화 속 여주인공들의 가장 달콤한 해피 엔딩이 왕자와의 결혼식은 아니었으면 좋겠다. 혼자라는 슬픔을 이겨 내고, 부모와 마녀와 왕자가 나를 모두 버리는 한이 있어도, 그 캄캄한 폐허의 자리 위에서 굳건하게 '오직 나만의 길'을 개척하는 용기를 지닌 라푼첼로 그리고 싶다.

'너는 이제 쓸모 없는 존재야.'라고 조롱당하더라도, '너는 결코 홀로 일어날 수 없을 거야.'라고 비웃는 듯한 세상 속에서도, 라푼첼은 포기하지 않고 혼자만의 삶을 개척해 나갔다. 남편도 없고, 부모도 자신을 버리고, 자신을 납치한 가짜 어머니의 손아귀에서 벗어나 황무지의 벌판에서 살아가는 한이 있어도, 라푼첼은 포기하지 않고 자신의 인생을 살아간다. 나는 라푼첼의 용기가 '기다림'을 넘어 더 창조적인 개척으로 나아가기를 꿈꾼다. 우리는 과거의 라푼첼보다 더 많은 선택의 길이 있으니까. 단지 살아남아 사랑을 되찾는 것에 그치지 않고, 사랑보다 더 커다란 자신만의 꿈과 길을 찾아 가기를 꿈꾼다.

사랑하지 않아도 좋다,
나를 사랑하지 않는 부모라면

로알드 달, 『마틸다』

아주 어린 시절, 우리에게 부모를 선택할 권리가 있었더라면 우리 삶은 어떻게 바뀌었을까. 우리에게 어떤 폭언도 실언도 하지 않고, "너는 이렇게 살아야 한다."라고 강요하지 않고, "너는 나처럼 살면 안 된다."라는 가슴 아픈 조언도 하지 않는 부모를 선택할 권리가 있었다면 우리의 삶은 좀 더 거침없고, 원한 없고, 후회 또한 덜하지 않았을까.

로알드 달의 천재적인 캐릭터 마틸다는 정말 그렇게 선택을 한다. '내가 사랑하지 않는 부모를 버릴 권리'를 이 천재 소녀 마틸다는 거침없이 실현한다. 그것도 다섯 살에. 『마틸다』를 보았을 때 처음 느낀 감정은 엄청난 충격이었다. 마틸다는 마치 학대받는 어린이들의 마음 깊은 곳에 숨겨진 부모에 대한 원망과 증오를 대변하는 살아 있는 증인처럼 보였다. 마틸다는 정말로 자신을 괴롭히는 부모를 버리고, 다른 사람을 양육권자로 선택한다. 우리가 내심 표현하지 못하고 숨기는 부모에 대한 원망, 부모가 나에게 잘못을 해도 '나를 키워 주셨으니까' 차마 표현하지 못하는 두려움과 분노까지 마틸다는 거침없이 표현한다.

작가 로알드 달이 지닌 거장의 내공이 드러나는 지점은 바로 이런 심각한 문제를 판타지와 유머라는 매개를 통해 유쾌하게 승화시킨다는 점이다. 마틸다는 온갖 기상천외한 아이디어로 부모님을 골탕 먹이고, 자신을 방치하다 못해 학대하고 증오하는 부모님에게 통쾌한 복수를 한다. 지구촌 곳곳에서, 그리고 우리 일상 곳곳에서 버젓이 자행되고 있는 아동 학대를 그려 내면서 이토록 유머러스할 수 있다니. 아동문학의 대가이자 환상문학의 대가이기도 한 로알드 달은 태어나서 한번도 부모의 애정과 관심을 받지 못한 불쌍한 아이 마틸다에게 '천재'라는 특성과 '초능력'이라는 판타지를 부여한다.

마틸다는 다섯 살 때 찰스 디킨스의 『위대한 유산』과 샬럿 브론테의 『제인 에어』를 읽고 감동까지 받는 놀라운 아이다. 가난하지만 지혜롭고 총명한 하니 선생님에게 처음으로 따스한 사랑과 관심을 받으며 학교에 다닌다. "엄마는 제가 뭘 하든 전혀 신경을 쓰지 않아요."라는 마틸다의 고백은 읽을 때마다 눈물겹지만, 마틸다가이미 다섯 살 때 부모의 지성을 뛰어넘어 '텔레비전만 보는 부모'에 대한 반항심을 키워 가는 장면은 통쾌하다. 마틸다가 마침내 쟁취할 자유의 비결은 바로 책이었다. 마틸다는 책을 읽음으로써 부모와 다른 세상을 산다. 책을읽음으로써 부모의 억압을 벗어난다. 매일 텔레비전만보면서 아무런 비판적 성찰도 하지 않는 부모. 딸이 천재라는 것을 알면서도 전혀 인정하지 않는 부모. 딸의 교육에 전혀 관심이 없을 뿐 아니라 딸을 전혀 사랑하지 않는부모. 그 잔인하고 무정한 부모의 학대로부터 벗어날 수있는 유일한 피난처. 그것이 바로 책 속 온갖 이야기가 만들어 낸 상상의 시공간이었던 것이다. 마틸다는 책을 읽음으로써 세상 모든 슬픔을 잊고, 책을 친구로 삼음으로써 외로움을 달래며, 책 속의 지혜를 삶 속에서 실천함으로써 부모의 무관심과 학대를 이겨 낸다.

트런치볼 교장 선생님의 독재로 얼룩진 학교에서 마틸다는 자신의 또 다른 재능을 발견하는데, 그것은 손을대지 않고도 물건을 옮길 수 있는 초능력이다. 마침내 이초능력은 마틸다보다 더욱 심각하게 학대받으며 자라난또 하나의 피해자 하니 선생님을 교장 선생님의 폭력과

압제로부터 구해 낼 수 있게 해 준다.

훔친 자동차의 번호판을 몰래 바꾸어 버젓이 중고차 시장에 내놓아 떼돈을 번 아버지의 사기극이 들통날 위기에 처하자 부모님은 스페인으로 도주를 결심하고, 마틸다는 겨우 다섯 살에 자신의 인생을 결정해야 하는 순간을 마주한다. 마틸다는 하니 선생님에게 간절히 부탁한다. "저는 여기서 선생님과 살고 싶어요. 제발 여기서 선생님과 살게 해 주세요!" 마틸다는 마치 예지력을 갖춘 것처럼 과감하게 하니 선생님을 설득한다. 우리 부모님은 나를 동전 한 푼만도 못하게 생각한다고. 마틸다가 친부모가 아닌 하니 선생님을 부모로 선택하는 것보다 더욱 충격적인 것은 마틸다의 부모가 딸이 자신들이 아닌 하니 선생님을 선택하는 것을 빤히 바라보면서도 전혀 상처받지 않는다는 것이다. 애초부터 마틸다를 사랑하지 않았던 것이다.

책 읽는 소녀 영웅 마틸다의 유쾌한 복수극, 그것은 여전히 아동 학대가 버젓이 '가족'이라는 울타리 안에서 자행되고 있는 현대 사회를 향해 던지는 촌철살인의 독립선언이다. 당신을 아주 많이 사랑하는 부모님일지라도 "이게 다 널 사랑해서 그러는 거야."라는 사탕발림으로 당신을 향한 모든 억지와 강요와 폭력을 정당화한다면,

분명히 저항해야 한다. 어른이 되어서도, 바로 그런 부모들의 무시무시한 정신적 통제 때문에 진정한 영혼의 독립을 얻지 못하는 사람들이 많다. 마틸다, 그 이름은 '나를 키워 준 부모'이기 때문에 저항할 수 없다고 느끼는 사람들에게 던지는 희망과 용기의 시한폭탄이다. 나를 사랑하지 않는 부모를 향해 꾸역꾸역 '그래도 훌륭한 자식'이 되기 위해 안간힘을 다하여 고군분투하던 굴레를 벗어던지자. 그러면 비로소 나 자신의 삶을 위해 거침없이 나아갈 용기가 샘솟기 시작할 터이니.

영혼의 상실과 싸우는
현대인을 위하여

닉 혼비, 『어바웃 어 보이』

"혼자 사는 것도 좋은데, 꼭 결혼을 해야 하나요?" 이런
질문을 받으면 많은 사람들이 한결같이 써먹는 상용구가
있다. "그래도 남들처럼 살아 봐야지." "남들 다 해 보는
거 한 번은 하고 죽어야지." 이렇게 '남들처럼'이라는 행
동의 준거가 우리가 진정으로 나다운 삶을 살아가는 데
가장 방해되는 요소가 아닐까? 그저 남들처럼 살아가다
가는 남도 될 수 없고 나도 될 수 없는 개성의 침몰 상태
를 겪게 된다.

　　모방은 집단의 운영 원리로는 효율적이지만, 심리
학에서 말하는 자기실현의 관점에서는 매우 위험한 행동
양식이다. 제도와 규칙은 물론 사소한 습관까지 서로를
모방하는 인간은 '남들처럼', 혹은 '선진국처럼'이라는 타
율적인 행동 기준 때문에 고유의 특이성을 창조해 내지

못한다. 칼 구스타프 융은 『인격과 전이』에서 '모방'의 위험성에 대해 경고한다. 그는 대세나 유행을 따르는 '사회화'를 넘어, 자기만의 삶을 개척하는 '개성화'의 길을 강조했다. 그런데 우리 안의 개성을 발견하는 것은 '어울리는 옷'이나 '좋아하는 색깔'을 발견하는 것보다 훨씬 어려운 일이다. 나는 고등학교 때 나의 개성을 어렴풋이 발견했다. 열일곱 살, 동아리 활동을 통해서였다. 교지 편집 동아리에서 원고를 맡아 글을 쓰고, 타인에게 원고를 청탁하고, 책을 만들기까지의 온갖 과정에 참여하면서 나는 처음으로 느꼈다. 어른들이 가르쳐 주지 않은 새로운 삶의 기쁨을. 그때 나는 새로운 나를, 아니 오래전부터 내가 숨기고 있었던 나 자신을 발견했다. 수업 시간에 칠판을 바라보고 있으면, 어젯밤 내 책상에 두고 온 빨간 원고지가 떠올랐다. 칠판의 글씨 하나하나가 내가 간절히 쓰고 싶은 문장으로 보였다. '이러다가 성적 떨어지겠다.' 하는 걱정이 들면서도, '엄마가 불같이 화를 낼 텐데…….' 하는 두려움에 떨면서도, 그저 글쓰기가 좋았다. 그때 깨달았다. 나는 글 쓰는 사람이 되어야 끝내 나다운 삶을 살 수 있음을. 오랜 시간이 지나서야 깨달았다. 그때가 바로 개성화의 기쁨, 진짜 나답게 사는 삶의 아름다움을 깨우친 순간이었음을.

닉 혼비의 소설 『어바웃 어 보이(About a Boy)』는 어떤 심리적 고통도 겪지 않기 위해 모든 사회적 관계 맺기를 적당히 차단한 주인공이 점점 자신의 개성을 잃어 가던 중 한 괴짜 소년을 통해 자신이 진짜 어떤 사람인지를 깨닫게 되는 이야기다. 주인공 윌 프리먼은 노동의 필요성을 전혀 느끼지 못한다. 불멸의 히트곡을 남긴 작곡가 아버지 덕분에 막대한 인세를 상속받은 윌은 한번도 제대로 된 직업을 가져 본 적이 없다. 무언가를 열심히 노력해서 얻어 본 적도 없다. 낮에는 쇼핑, 텔레비전 시청, 미용실에서 머리 다듬기 등으로 시간을 때우고, 밤에는 여성들과 부담 없는 데이트를 즐긴다.

윌은 자신이 '윌 쇼'의 하나뿐인 주인공이며 다른 사람들은 그저 잠깐씩 등장했다 사라지는 하찮은 단역들이라고 생각한다. 윌은 그 무엇에도 '진심'을 주지 않음으로써 자신이 모든 것으로부터 자유롭다고 믿는다. 겉으로는 '쿨'해 보이지만, 그는 아무와도 진정으로 친밀한 관계를 맺지 못함으로써 사실상 '이 세상 그 누구도 아닌' 상태로 살아가고 있다. 윌은 그저 가벼운 만남만으로 만족할 수 있는 여인을 찾다가 급기야 편부모 모임에 가입하게 되는데, 물론 그것도 사기다. 자신이 싱글파파인 척함으로써 싱글맘들의 연민을 자극한 뒤 부담 없이 그녀들과 데이트하기 위해 꾸민 수작이었던 것이다.

이렇듯 결혼이나 아이는 물론 사랑까지도 지능적으로 기피하는 윌에게, 어느 날 천하의 괴짜 소년 마커스가 등장한다. 이혼 후 심각한 우울증에 시달리는 엄마 피오나를 따라 편부모 모임에 왔던 마커스가 '미래의 아버지 후보'로 윌을 점찍은 것이다. 마커스는 그때부터 그야말로 껌딱지처럼 이 무위도식 한량 아저씨 윌의 집에 드나들게 된다. 히피적인 감성을 지닌 데다 채식주의자, 우울증 환자이기도 한 엄마 피오나를 보살피느라 마커스는 하루하루 살얼음을 디디는 듯하다.

윌이 너무 몰개성적이라 문제라면, 피오나는 너무 자신의 개성에만 몰입해 타인과 섞이지 못하는 것이 문제다. '남들처럼' 유명한 브랜드 신발이나 멋진 책가방을 들지 못하고 엄마의 독특한 취향에 따라 철 지난 옷을 입는 마커스. 그 때문에 친구들에게 왕따를 당하면서도 엄마에게 힘들다는 내색 한번 안 하는 마커스에게, 윌은 자신도 모르게 연민을 느끼게 된다.

하지만 마커스는 결코 불쌍한 소년이 아니다. 마커스는 주변의 어른들보다 오히려 훨씬 훌륭하게 '개성화'를 향한 길을 걸어가고 있다. 똑같은 브랜드의 운동화, 똑같은 브랜드의 점퍼가 유행할 때마다 그것이 없으면 무리 속에 끼지 못한다는 두려움을 느끼는 여느 아이들과 달리, 마커스는 그런 유행에 전혀 신경을 쓰지 않는다. SNS 소통에 참여하지 않으면 담임 선생님과 아이들 사이의 대화에 끼지 못한다는 이유로 어쩔 수 없이 채팅을 한다는 요즘 아이들의 강박관념에도 마커스는 휩쓸리지 않을 것이다.

마커스는 적극적으로 엄마의 결혼 상대를 찾아 나서고, 그러다가 세상 누구와도 깊은 인연을 맺지 않으려는 '쿨한 아저씨' 윌을 친구로 사귀게 된다. 오히려 윌은 마커스 덕분에 자신에게 진짜 문제가 있음을 깨닫게 된다. 그는 누구와도 진심으로 소통하지 않음으로써 '쿨한 남자'가 되었다고 믿었지만, 실제로는 호감 가는 여자에게 자신이 어떤 사람인지 소개할 수도 없을 만큼 피폐해져 있었다. 겉으로 보이는 그의 페르소나는 '나는 아무도 좋아하지 않아요. 그래서 나는 무한히 자유로워요.'라고 말하고 있는 것처럼 보이지만, 실제로 그 내면의 그림자는 '나는 아무것도 안 해요, 그래서 난 아무도 아니에요.'라고 속삭이고 있었던 것이다.

원작 소설을 각색한 영화 「어바웃 어 보이」에서 가장 극적인 장면은 우울증으로 자살까지 기도한 엄마를 위해 마커스가 학교 장기자랑 대회에서 「킬링 미 소프틀

리」를 부르는 장면이다. 수십 년 전의 팝송을, 그것도 음
치에 가까운 마커스가 목이 터져라 부르는 장면을 보고
윌은 처음엔 어떻게든 말려야겠다고 생각한다. 윌이 보
기에 그런 행동은 사회적 자살(social suicide)이었다. 다
른 사람들의 기대 수준에 맞추지 못한 행동이기에.

하지만 '엄마의 우울한 마음을 달래기 위해' 이미 그
노래를 부르기 시작한 마커스를 외롭게 하지 않을 방법
이란 함께 그 노래를 부르는 것밖에 없음을 윌은 깨닫는
다. 기타까지 들고 나가 「킬링 미 소프틀리」의 반주를 멋
지게 해낸 윌은 그제야 '아무도 아닌 사람(nobody)'에서
'이 세상 하나뿐인 사람(the one)'이 된다. 마커스는 홀로
전교생의 비웃음거리가 될 뻔했지만, 함께 창피함을 견
뎌 주는 든든한 친구 윌을 통해 더 이상 자신이 혼자가 아
님을 깨닫게 된다.

다른 사람을 위해서는 털끝 하나 움직이지 않으려
했던 윌이 고통 받는 왕따 소년을 위해 체면은 물론 자존
심도 구기고 철 지난 히트곡 「킬링 미 소프틀리」를 부르
는 장면은 언제 다시 봐도 뭉클하다. 심리학자 윌리엄 제
임스는 『심리학의 원리』에서 자기만의 고유성, 자기만의
개성을 갖는 일의 중요성을 이렇게 강조했다. 아름다운
피부나 막대한 재산보다 더욱 소중한 것은 우리의 명예

와 친구와 인간성이라고. 정신적 자아를 지키기 위해서, 때로는 명성과 재산, 목숨까지 버릴 수 있는 용기가 필요하다고.

어떤 브랜드로도 표현할 수도 없는 나, 어떤 사회적 관계망으로도 설명할 수 없는 나, 그것이 바로 '정신적 자아'일 것이다. 바로 그 하나뿐인 나를 찾고, 만들고, 다듬고, 깎아 내는 과정이 '개성화'다. 이제 우리의 윌은 누군가의 친구, 누군가의 연인, 누군가에게 진정 필요한 사람이 됨으로써 진정한 자기 자신을 창조하는 첫걸음을 뗄 수 있게 되었다.

그럼에도
생은 얼마나 아름다운지

찰스 디킨스, 『올리버 트위스트』

오래전 영화 「프라이드 그린 토마토」를 보다가 "아이들을 지켜 주는 신은 따로 있다."라는 대사를 들으며 가슴이 시려 왔다. 정말 그랬으면 좋겠다. 아이들을 지켜 주는 초자연적인 신이 따로 있어 이 세상 모든 배고프고 아프고 외로운 아이들을 지켜 줄 수 있다면 얼마나 좋을까. 그러나 현실은 가혹하다. 아직도 지구상에는 굶주리는 아이들, 부모의 방치와 학대 속에 고통받는 아이들이 너무도 많다. 찰스 디킨스의 『올리버 트위스트』는 산업 혁명 초기 영국 사회가 자랑하던 화려한 번영의 그림자, 런던 뒷골목의 빈민가에서 끊임없이 버려지고 납치되고 학대받은 고아 소년의 처절한 생존과 모험의 기록이다.

혹독한 가난 속에서 자란 디킨스 자신이 겪은 생존의 고투와 기자로서의 풍부한 취재 경험이 녹아 있는 이

소설에서 디킨스는 "날쌘 꾀돌이의 외투에 난 구멍 하나
도, 낸시의 헝클어진 머리카락에 남은 머리 마는 종잇조
각 하나도" 빠뜨리지 않고 싶었다고 고백한다. "그런 것
들을 보는 걸 견딜 수 없어 하는 우아한 취향을 조금도 신
뢰하지 않"기 때문이라는 선언도 잊지 않는다. 사실을 미
화하거나 은폐하려는 그 어떤 권력에도 굴하지 않는 디
킨스의 꼿꼿한 작가 정신이 엿보이는 대목이다. 올리버
의 첫 탄생 장면부터 고난은 예고되어 있었다. 어머니는
올리버를 낳자마자 세상을 떠나고, 구빈원 사람들은 올
리버를 귀찮은 짐짝처럼 취급하며 누구도 그에게 사랑을
베풀어 주지 않는다.

> 올리버는 우렁차게 울어 댔다. 자신이 고아가 되어 교구
> 위원과 민생 위원 나리들의 자비롭고 친절한 저 악명 높
> 은 손길에 내맡겨졌다는 사실을 알았다면 아마도 더욱
> 더 크게 울어 댔을 것이다.
>
> —『올리버 트위스트』에서

올리버는 배급 규정대로 준 저녁을 받아먹고 난 뒤
에 조금 더 달라는 요구를 했다는 이유로 요주의 인물
로 낙인찍혀 고초를 겪는다. 올리버가 겪은 온갖 고통은

1834년 영국의 빈민구제법 개정 이후에 일어난 구조적
인 병폐와 맞물려 있었다. 공리주의자들은 '신구빈법'으
로 빈민 계층의 확대를 막으려 했지만, 그들에게는 빈민
의 삶에 대한 이해와 배려가 없고 오직 빈민의 '제거'에만
관심이 있었다. 빈민 계층의 인구 증가를 막기 위해 남편
과 아내를 격리 수용하고, 구빈원에 의존하는 행위를 막
기 위해 수용자들에게 가혹한 노동을 강요하는 것 따위
가 그들의 어처구니없는 가난 구제 조치였다. 디킨스는
바로 이런 사회의 구조적 병폐가 약자를 더욱 약하게, 강
자를 더욱 강하게 만드는 사회악임을 온몸으로 고발했던
것이다.

내 눈에 비친 『올리버 트위스트』의 아름다움은 이런
날카로운 사회 풍자를 넘어서 그럼에도 생이 얼마나 아
름다운지, 그럼에도 삶이 얼마나 살 가치가 있는지를 보
여 주는 장면들이다. 올리버 트위스트가 그토록 힘겹게
거쳐 온 세월이 모두 의미 있고 소중한 것이었음을 알게
되는 순간들의 아름다움. 특히 자기가 죽은 뒤에 누군가
가 올리버 형에게 글을 남겨 주기를 바라는 꼬마 딕의 간
절한 마음이 가슴을 울린다.

"불쌍한 올리버 트위스트 형한테 제 진실한 사랑의 말을

남기고 싶어요. 그리고 도와 줄 사람 하나 없이 깜깜한 밤에 홀로 헤매는 형을 생각하며 제가 얼마나 자주 혼자 앉아 울었는지 형에게 알려 주고 싶어요."

—『올리버 트위스트』에서

자신이 더 굶주리고 병들었으면서도, 홀로 외롭게 세상을 헤매고 있을 올리버를 걱정하는 꼬마 딕의 순수한 사랑은 독자의 가슴을 여러 번 울린다. 올리버와 딕은 구빈원 시절 서로를 위해 주며 의지했고, 그 유일한 따스함의 기억이 두 사람이 가장 외롭고 힘들 때마다 어둠을 밝히는 영혼의 등대가 되어 준 것이다. 올리버는 자신을 지켜 준 유일한 따스함이 딕의 해맑은 눈동자였음을 기억해 낸다. "바로 이 순간에도 불쌍한 꼬마 딕은 굶주린 배를 움켜쥔 채 매를 맞으며 울고 있을지도 모르는데……. 아아, 딕을 한 번만 더 볼 수 있다면 난 어떤 대가라도 치르겠어."

『올리버 트위스트』는 삶을 사랑하는 법을 그 누구에게도 배우지 못한 아이가 오히려 어른들에게 '삶을 진정으로 사랑하는 법'을 가르쳐 주는, 아프도록 따뜻한 이야기다. 아무도 사랑을 가르쳐 주지 않는 세상에서도, 자신들끼리 사랑하는 법을 배우는 아이들의 이야기가 예전보다 더 커다란 울림으로 가슴을 두드린다.

영원히 자라지 않는
내면 아이를 찾아서

생텍쥐페리, 『어린 왕자』

내가 심리학 용어 중에 가장 좋아하는 단어는 '그림자'이고, 가장 받아들이기 힘든 단어는 '내면 아이'였다. 나의 어둡고 부끄러운 모든 면들을 응축한 그림자, 그것은 어쩌면 내가 남에게 보여 줄 수 있는 외면적 성격인 페르소나보다 더욱 나 자신에게 많은 성찰의 기회를 주는 개념이었다. 그런데 그림자를 그렇게 전폭적으로 받아들인 내가 왜 내면 아이는 그토록 거부하려고 했을까? 나는 마음속에 영원히 자라지 않는 아이가 있다는 사실을 유독 받아들이기 어려웠다. 어린 시절 엄청난 아픔을 겪은 것도 아닌데 '내면 아이'라는 단어에 그토록 예민하게 반응했을까? 혹시 나의 가장 아픈 그림자가 바로 내면 아이가 아니었을까?

최근에 이런 질문을 스스로에게 던지면서 '내면 아

이'의 개념에 대해 그동안 오해해 왔다는 것을 깨달았다. 마거릿 폴의『내면 아이의 상처 치유하기』에 따르면, 내면 아이는 어린 시절의 자신과는 다르다. 즉 내면 아이는 단지 '과거의 나'가 아니다. 내면 아이란 우리의 인격 중에서 가장 연약하고 상처받기 쉬운 부분이자 이성보다는 감정을 우선시하는 직관적인 본능이다. 내면 아이란 우리가 태어났을 때의 본래 모습, 핵심적인 자아, 타고난 인격인 것이다.

내면 아이는 아무리 나이가 들어도 우리 안에 계속 자리 잡고 있는 순수한 원형에 가까운 셈이다. 내면 아이의 본질을 가장 잘 보여 주는 우리말 단어는 '구김살 없는'이 아닐까 싶다. 아무리 나이가 들어도 천진무구한 성격을 그대로 간직하고 있는 이들이야말로 자신의 내면 아이와 좋은 관계를 맺고 있는 셈이다. 내면 아이의 본질을 가장 잘 보여 주는 영어단어는 'intact'일 것이다. 이 단어는 '손상되지 않는', '침해할 수 없는', '아직 건드려지지 않은'이라는 뉘앙스를 지니고 있으니. 현실의 비바람에 풍화되기 이전, 세상의 풍파에 시들기 이전의 싱그럽고 보드라운 자아가 바로 내면 아이다. 내면 아이는 '어린 시절의 총합'이 아니라 '내가 나임을 증명할 수 있는 영혼의 DNA' 같은 것이다.

　이렇게 내면 아이에 대한 인식이 바뀌자 내가 읽은
모든 작품들이 새롭게 보이기 시작했다. 특히 생텍쥐페
리의 『어린 왕자』야말로 내면 아이의 존재를 입체적으로
보여 주는 작품이다. 어린 왕자와 조종사의 대화를 내면
아이와 성인 자아의 대화로 바라본다면, 『어린 왕자』는
훨씬 더 풍요로운 의미로 확장되어 다가온다. 내면 아이
와 성인 자아의 첫 만남, 그것은 내면 아이가 사막 한가운
데서 만난 조종사에게 밑도 끝도 없이 "양 한 마리만 그려
줘." 하고 요구하는 것에서 시작된다. 어린 왕자는 조종사
가 그린 보아뱀을 '모자'라고 하지 않고 '코끼리를 삼킨 보
아뱀'이라고 함으로써 성인 자아의 잃어버린 꿈을 기쁘게
환기시킨다. 나의 오랜 꿈을 알아봐 주는 자아, 그 꿈을
가장 빛나는 마음의 눈으로 눈부시게 바라봐 주는 사람
이 바로 내면 아이인 것이다.

　내면 아이와 성인 자아의 두 번째 극적인 만남, 그
것은 두 사람 사이의 갈등으로 나타난다. 사막에서 살아
남기 위해 비행기를 고치는 것을 최우선 과제로 삼고 어
린 왕자의 목마른 질문에 바쁘다며 외면하는 조종사. 그
것은 현실적인 과제에만 매달리며 내면 아이의 속삭임을
무시하는 이기적인 성인 자아의 전형적인 모습이다. 어
린 왕자는 양이 자신의 사랑스러운 장미를 먹어 치웠을

까 봐 두려움에 빠지는데, 조종사는 어린 왕자의 그 절박한 마음을 모른 척했던 것이다. 어린 왕자는 그런 조종사의 무심한 모습을 바라보며 울음을 터뜨리고 만다. "아저씨는 사람이 아니고 버섯이야!" 이렇게 소리치며 우는 어린 왕자의 모습은 제발 이제 네 상처 입은 내면 아이를 돌봐주라는 가슴 아픈 절규다. 조종사는 어린 왕자의 눈물에 당황하여 그제야 연장 따위는 내팽개치며 왕자를 꼭 안아 준다. 장미는 괜찮을 거라고, 장미에겐 울타리를 그려 주고, 양에게는 입마개를 씌워 주겠다고. 이렇게 달래며 어린 왕자의 기상천외한 질문들을 완전히 진지하게 받아들이기 시작한다. 조종사는 이제 '어른들의 문법'이 아니라 '어린 왕자의 문법'으로 세상을 이해하기 시작한다. 성인 자아가 비로소 내면 아이의 부름에 응답하기 시작한 셈이다.

성인 자아와 내면 아이의 세 번째 만남, 그것은 성인 자아가 내면 아이를 온몸으로 끌어안는 것이다. 성인 자아가 내면 아이의 진정한 부모가 될 때 둘의 갈등은 치유의 에너지로 전환될 수 있다. 목마름에 괴로워하며 터벅터벅 말없이 걷는 조종사에게 어린 왕자는 말한다. "사막이 아름다운 이유는 어딘가에 우물이 숨어 있기 때문이야." 그때 조종사에게 섬광 같은 깨달음이 찾아온다. "집이건 별이건 사막이건, 무언가를 아름답게 하는 것은 눈에 보이지 않는 것들이야." 조종사는 비로소 자기라는 황량한 사막 안에 숨어 있는 눈부신 오아시스를 발견한다. 어린 왕자와 함께할 수 있는 바로 지금 이 시간이 그에게는 눈부신 영혼의 오아시스였던 것이다.

잠든 어린 왕자를 품에 안고 세상에서 가장 연약한 보물을 보호하는 임무를 맡은 신의 사도(使徒)처럼, 조종사는 조심조심 사막을 걸어간다. 타는 듯한 목마름도 조난의 고립감도 미래에 대한 걱정도 잊은 채. 비로소 성인 자아와 내면 아이는 완벽하게 하나가 된다. 자기 안의 어린 왕자를 완전히 받아들이는 것, 그것은 내면 아이를 의심하거나 외면하지 않고 있는 그대로를 통째로 끌어안는 것이다. 죽었는지 살았는지 모르는 장미를 사랑하기 때문에 그 장미에 끝까지 책임을 지고자 목숨을 걸고 소행성으로 돌아가려는 어린 왕자의 꿈. 바로 그것이 우리가 영원히 지켜야 할 내면 아이가 아닐까.

『어린 왕자』는 이렇게 '보아뱀을 삼킨 코끼리 그림'을 '마음의 눈으로 보는 법'을 잃어버린 모든 어른들에게 잃어버린 내면 아이를 되찾는 법, 나아가 그 내면 아이와 성인 자아가 서로에게 가장 아름다운 목소리로 대화하는 비법을 속삭이는 작품이다.『어린 왕자』를 통해 나는 비

로소 되찾고 있다. 상처라는 이름의 벽돌로 쌓아올린 자기방어의 철옹성 속에 웅크린 채 울고 있는 어린 나가 아니라 그 어떤 두려움에도 굴복하지 않은 꿋꿋한 나, 아무리 힘든 상황 속에서도 타인을 사랑하는 법을 잊지 않는 나, 꿈을 이루지 못한다 해도 결코 실망하지 않을 강인한 나 자신의 본래 면목을.

나는 젊고 어리석었기에
이제야 눈물 흘리네

이언 매큐언, 『칠드런 액트』

공공장소에서 아이들을 심하게 야단치는 부모들을 볼 때
가슴이 너무 아프다. 아이들도 사람들의 시선을 의식하
고 부끄러워하는 기색이 느껴지기 때문이다. 언젠가는
아이를 때리는 엄마까지 보았다. 모르는 사람이지만 당
황하여 그 엄마를 말리려고 했는데 너무 화가 나 있는 상
태라 어른인 나조차 무서울 정도였다. 아이가 많이 아픈
것 같다고 조심스럽게 말을 꺼내려는데 갑자기 아이가
엄마한테 가서 덥석 안겼다.

"엄마, 잘못했어요. 다시는 안 그럴게요."

가느다란 목소리로 흐느끼며 엄마에게 안기는 아이
를 보면서 마음이 더욱 시려 왔다. 아이는 엄마에게 그렇
게 얻어맞고도 달려가 안길 데가 엄마뿐이었던 것이다.
엄마는 아무런 감정도 느끼지 못하는 듯 무표정했다. 아

이의 행복이란 무엇일까. 행복하지 않은 엄마 곁에서 자라는 아이들은 엄마를 무서워하면서도 엄마의 사랑을 받기 위해 필사적으로 노력한다. 아이들은 온전한 사랑과 보호를 필요로 하지만, 그런 크고 깊은 사랑이 그냥 저절로 우러나오지는 않는다. 부모 자신이 행복하거나(그럴 때는 그 넘치는 행복으로부터 사랑이 우러나올 것이다.) 부모에게 내 아이만은 지켜야 한다는 강한 믿음이 있을 때 아이를 향한 사랑 또한 커질 수 있는 것이 아닐까.

이런 고민을 하고 있을 때 『칠드런 액트』를 읽게 되었다. 이 책의 화두 중 하나는 '미성년자를 보호한다는 것이 과연 어떤 의미인가?'이다. 우리 사회는 아이들의 복지와 행복을 위해 무엇을 해야 할 것인가. 영국의 아동법에서 최고의 가치는 '아동의 복지'다. 그런데 바로 그 아동의 복지를 실현하는 것이 그렇게 단순한 일이 아니다. 아동의 의지를 따르는 것이 아동을 위하는 것인가, 아니면 어른들이 보기에 더 합리적인 선택을 하는 것이 아동의 복지인가?

아동법에 있어 최고의 권위자로 평가받는 판사 피오나는 아직 미성년자인 애덤이 종교적 신념에 따라 죽음을 선택하려고 한다는 것을 알게 된다. 백혈병에 걸린 애덤이 수혈을 거부하는 이유는 '여호와의 증인'으로서 신념을 따르려고 하기 때문이다. 부모조차 애덤의 결정을 지지하자 병원의 의사들은 판사의 도움을 요청했다. 의사들을 비롯한 주변의 어른들에게는 애덤이 마치 열혈 투사가 된 것처럼 신념을 지키기 위해 죽음을 선택하려 하고, 과도한 영웅주의적 열정에 휘둘리는 것처럼 보였던 것이다. 열여섯 살 소년이 종교적 신념을 위해 기꺼이 죽음을 선택하겠다고 하게 만든 그 믿음의 정체는 무엇일까. 수혈만 받으면 살아날 수 있는데, 생명을 포기하면서까지 신앙을 따르려 하는 이 소년의 무시무시한 열정은 어디서 나온 것일까.

이 책을 어른의 입장, 판사 피오나의 시선에서 읽을 때와 미성년자인 애덤, 부모의 보호를 받지 못하는 청소년의 시선에서 읽을 때의 느낌이 무척 다르다. 어른의 입장이나 판사의 입장에서 보면, 부모에게 완전히 보호받지 못하고 종교적 신념을 따르기 위해 죽음을 선택하려 하는 청소년 애덤을 어떻게든 구해 주는 것이 맞다. 아직 미성년자인 애덤은 백혈병에 걸렸고, 수혈을 받지 못하면 생명의 위협을 받는 상황에서도 종교적 신념 때문에 수혈을 거부하고 있으니까. 청소년의 시선에서 보면, 그는 진심으로 자신의 신념을 지키고 싶어 한다. 어른들이 '아직 성인이 아니'라는 이유로 자신의 의사 결정을 방해하는 것을 참을 수 없다. 어른들이 자신을 진정으로 독립적인 존재로 인정해 주지 않는 것이 속상하다.

그런 애덤의 인생에 놀라운 변화가 일어나게 된다. 판사인 피오나가 직접 애덤의 병실에 찾아온 것이다. 애덤이 정말로 자신의 신념을 지키기 위해 수혈을 거부하는 '주체적인 결정'을 하고 있는지 아니면 종교 단체나 부모의 억압적 시선에 짓눌려 '강요된 결정'을 하고 있는지 피오나는 진심으로 알고 싶었던 것이다. 피오나가 애덤을 직접 만나 보겠다고 하자, 이 역사적인 판결 앞에서 취재 경쟁을 하던 언론사의 기자들까지 놀란다. 그동안 판사들은 눈앞에 주어진 자료들만으로 상황을 판단할 뿐이지 병원에 누워 거동이 불편한 환자에게 직접 찾아가서 의견을 들은 전례가 없었기 때문이다. 피오나는 엄청난 분량의 증거 자료들을 눈앞에 두고도 제대로 된 판단을 할 수가 없었기에 직접 발걸음을 뗀다.

과연 이 아이는, 아니 이 청소년은, 아니 이 사람은, 어떻게 불러야 할지 헷갈리는 이 애덤이라는 존재는 왜 이러는 것일까. 종교적 신념이 생명보다 더 중요하단 말인가. 그런 판단을 열여섯 살 어린아이에게 맡겨도 된단 말인가. 병실로 찾아간 피오나는 애덤의 파리하지만 아름다운 얼굴을 바라보며 '애덤의 행복'이 무엇일까를 생각한다. 애덤은 다른 어른들이 생각하는 것처럼 영웅주의에 사로잡힌 것이 아니었다. 음악을 사랑하는 아이, 시를 잘 쓰는 아이, 문학적 감성이 뛰어난 아이, 그리고 무엇보다도 행복할 자격이 있는 아이였다. 우리 어른들이 아직은 지켜 줘야 할 평범한 아이였던 것이다.

여기서 '판사로서의 피오나'와 '인간으로서의 피오나'가 둘에서 하나로 합쳐진다. 굳은 표정으로 병실을 찾았던 피오나는 애덤을 만난 뒤 한결 부드럽고 따스해진 표정으로 병실을 나간다. 판사 피오나의 '이성'으로 이 병실을 찾았지만, 나갈 때는 인간 피오나의 '심장'을 되찾은 채 병실을 나가는 느낌이었다. 그 느낌이 너무 좋았다. 나는 이 소설을 읽으며 '판사 피오나'와 '인간 피오나'가 둘이 아닌 하나일 때의 모습이 더욱 아름답다고 느꼈다.

애덤은 자신의 부모님보다 나이가 많은 피오나를 바라보며 마치 여신을 만난 듯, 슈퍼스타를 만난 듯 환호하고 기뻐한다. '여호와의 증인'이라는 신앙 공동체 바깥 사람을 만난 적이 거의 없었던 것이다. 게다가 이 어린 소년이 보기에 피오나는 얼마나 눈부신가. 세상을 쥐락펴락할 것 같은 힘을 가진 존재, 언론에 여러 번 대서특필된 훌륭한 판사가 바로 자신을 위해 병실로 찾아온 것이다. 애덤은 피오나의 일거수일투족이 신기하기만 하다. 저런 멋진 사람이 나를 위해 여기까지 찾아와 주다니. 자신을 진심으로 걱정해 주는 판사 피오나의 따스한 마음을 알게 된 애덤의 심장은 두근거리기 시작한다. 가족이 아닌 존재에게 이렇게 큰 사랑을 받아 본 적이 없었던 것이다. 애덤은 예이츠의 시를 노래로 불러 주는 피오나의 목소리와 따스한 표정에 반해 버린다. 애덤의 마음속에 가족이나 종교 단체의 지인들이 아닌 '완전한 타인'이 처음으로 자리한 것이다. 애덤의 심장에는 '판사로서의 피오나'에 대한 존경을 넘어, '인간으로서 피오나'를 향한 동경조차 뛰어넘어, '여성으로서의 피오나'에 대한 사랑이 싹트기 시작한다. 아무도 예상치 못했던 새로운 사랑이 애덤의 심장에서 피어오르기 시작한 것이다.

내 생의 모든 것을 송두리째 뒤흔들어 놓은 사람이 어느 날 갑자기 '난 너와 아무 상관이 없다.'며 인연을 끊어 버린다면? 그 무서운 고립감과 홀로 버려진 느낌을 전혀 이해해 주지 못하고 총총히 돌아서서 자신의 길을 가 버린다면? 나를 온전히 이해해 줄 사람은 이 세상에 그 사람 하나뿐인데. 바로 그 사람이 '나는 너를 잘 알지 못한다.' 하는 표정으로, 이제 나에게 절대 연락하지 말라며 떠나 버린다면. 그 당혹스러움을 어떻게 설명해야 할까. 열일곱 살 소년 애덤은 바로 그런 막막한 상황에 처한다.

피오나를 향한 사랑을 멈출 수 없는 애덤은 그녀에게 계속 전화를 하고 편지를 쓰지만 피오나는 '판사로서의 자신'을 앞세운다. 항상 모범적인 삶을 살아온 피오나로서는 애덤의 돌발 행동을 받아 주기가 어려웠다. 자신을 판사가 아닌 여성으로서 사랑하는 애덤을 설득하는 피오나의 모습은 전형적인 '어른'의 모습이다.

피오나의 마음속에는 이런 생각이 스쳐 가지 않았을까. '너는 어린아이야, 너와 나는 사적인 관계로 연결될 수 없어, 나는 판사로서 너의 복지를 생각한 것이지 너를 남자로 생각할 순 없어.' 그 모든 생각이 이성적으로는 이해가 된다. 합리적이고 옳은 결정이다. 하지만 애덤은 돌이킬 수 없이 상처받는다. 자신이 세상을 향해 쏘아 올린 첫 번째 사랑의 화살이 빗나간 것이다.

피오나에게는 남편이 있다, 말썽꾸러기이긴 하지만. 아내 피오나가 일에 푹 빠져 자신과 데이트를 해 주지 않는다는 이유로 남편 잭은 다른 여자와 연애를 하겠다는 폭탄 선언을 하곤 집을 나가 버린다. 당신 몰래 바람을 피우는 것이 아니라 당신의 허락을 받고 연애를 하겠다는 말도 안 되는 선언을 하는 남편. 업무의 압박 속에서 하루하루 살얼음판을 걸어가듯 살아가는 아내 피오나에 대한 연민조차 없어 보이는 남편 잭. 그는 아내에게 사랑받지 못한다는 자기중심적 사고에 빠져 있다. 정말 아내를 사랑한다면, 아동법 전문 판사로서 무엇이 고통받는 아이들을 위한 가장 좋은 선택인지 고민하며 밤잠을 설치는 아내의 아픔을 보살펴 줘야 하는 것이 아닐까. 피오나는 자신이 가장 힘들 때 집을 나가 버린 남편에 대한 서운함과 미움 때문에 더욱더 외로워진다.

애덤의 존재는 그녀의 마음에 미묘한 파동을 가져온다. 누군가 자신을 너무도 순수한 열정으로 사랑하고 있다는 사실이 미치도록 부담스럽지만 또 한편으로는 안쓰럽고 안타깝다. 단지 '고통받는 청소년, 우리 어른들이 보호해야 할 미성년자'로서가 아니라 한 인간으로서 애덤은 피오나에게 분명 커다란 영향을 끼친다. 애덤을 바라보며 피오나는 자신이 살아온 과거를 새롭게 되돌아보게 된다. 피오나는 '절대로 넘을 수 없는 장벽'이라 생각해 온 그 수많은 금지의 경계선들을 애덤은 아무렇지도 않게 훌쩍 뛰어넘기 때문이다.

내 전화번호를 어떻게 알았냐는 피오나에게, 애덤은 아무렇지도 않게 대답한다. 이리저리 검색해 보면 결국 나온다고. 게다가 뉴캐슬까지 자신을 몰래 따라온 애덤을 바라보며 피오나는 충격을 받는다. 내가 뉴캐슬에서 열리는 행사에 참석하는 것은 어떻게 알고 찾아왔냐는 피오나의 질문에, 애덤은 또 수줍어하면서도 아무렇지도 않다는 듯 대답한다. 기차역에서부터 판사님을 따라왔다고. 이 아이가 자신을 순수한 마음으로 동경해서 그런 일을 저질렀다는 것을 알고 있으면서도, 피오나는 두렵다. 이 아이의 순수한 열정이 자신의 단단한 성벽 같은 삶을 점점 무너뜨릴까 두렵다. 피오나는 애덤의 그 대담함과 저돌성을 받아 주기 어려웠다. 평생 그 누구도 무너뜨릴 수 없었던 피오나의 철통같은 모범적 삶을, 애덤은 처음으로 위협하고 있었다.

게다가 애덤은 피오나로서는 결코 허락해 줄 수 없는 무리한 부탁을 하고 만다. 판사님 곁에 있고 싶다고. 판사님이 결혼한 분이란 것도 아는데, 두 분의 집에 같이 살고 싶다고. 애덤은 피오나를 알고 싶었고, 피오나의 곁에 있고 싶었고, 피오나의 아침과 저녁을 함께하고 싶었던 것이다. 피오나 부부의 집에 하숙하면서, 나중에 아르바이트를 하게 되면 하숙비도 내겠다는 애덤. 이쯤 되면 독자는 헷갈리기 시작한다. 애덤은 보호자를 원하는 것일까, 스승을 원하는 것일까, 연인을 원하는 것일까, 아니면 그 모든 것을 원하는 것일까. 애덤의 그 어처구니없는 순수함이 상황을 악화시키고 만다.

아직 사회적 인습과 제도의 무서움을 모르는 애덤은

피오나가 감당할 수 없는 부탁을 함으로써 그녀의 친구가 될 수 있는 마지막 기회마저 놓쳐 버린다. 피오나는 이 아이의 열정을 조금이라도 받아 주는 순간 자신의 삶이 무너져 버릴 것 같은 두려움으로, 애덤의 부모에게 연락하여 아이를 보호하는 어른의 표정으로 돌아가 버린다. 더 많은 이야기를 나누어야 서로를 이해할 수 있을 것 같은데, 독자들도 그것만은 알 것 같은데, 피오나는 자신의 한계를 자꾸만 시험하는 애덤을 외면해 버린다.

피오나는 이 세상에서 오직 단 한 사람의 관심과 친절을 원하는 이 가여운 소년을 향해 차갑게 선언한다. 부모님께 연락하라고, 이제 이곳을 떠나라고, 넌 가야 한다고. 애덤은 비가 억수같이 쏟아지는 거리로 나서며, 절대로 돌아가고 싶지 않은 집으로 억지로 등을 떠밀리며, 피오나를 의미심장하게 바라본다. 자신이 영원히 거절당한 존재임을 이 열일곱 살 청년도 깨달은 것이다. 애덤은 마치 마지막 인사라도 하듯, 그리고 자신은 어린아이가 아니라 분명 남자임을 증명이라도 하듯, 피오나에게 키스하고 만다.

가볍게, 피오나는 애덤의 얇은 재킷 옷깃을 손가락으로 끌어당겼다. 볼에 입을 맞출 생각이었다. 하지만 그녀가 위로 다가가고 애덤이 살짝 몸을 숙여 두 사람의 얼굴이 가까워졌을 때, 그가 고개를 돌려 둘의 입술이 맞닿았다. 물러설 수도 있었다. 뒷걸음질 쳐서 바로 떨어질 수도 있었다. 그 대신 피오나는 무방비 상태로 순간에 머물렀다. 피부와 피부가 닿는 감촉이 선택의 가능성을 지워 버렸다. 입술을 완전히 맞댄 채로 담백한 키스가 가능하다면 바로 그런 것이었다. 한순간의 접촉이지만 키스의 개념을 넘어서는 것, 어머니가 장성한 아들에게 하는 입맞춤을 넘어서는 것이었다. 이 초 정도, 아니 어쩌면 삼 초 정도의 접촉. 말랑한 입술의 부드러움 안에서 두 사람이 떨어져 있던 모든 세월, 모든 삶을 느끼기에 충분한 시간. 그러다 서로에게서 물러났을 때, 그렇게 가벼이 살을 맞댄 순간이 두 사람을 다시 가깝게 만들 수도 있었다. 하지만 바깥에서 자갈마당과 돌계단을 지나 다가오는 발소리가 들렸다. 피오나는 그의 옷깃을 놓고 다시 말했다. "넌 가야 돼."

—『칠드런 액트』에서

애덤은 자신의 비극적인 첫사랑이 본의 아니게 그 사랑의 대상인 피오나를 괴롭히고 있음을 깨닫지 못한다. 애덤은 피오나가 자신의 존재를 무시하지 말아 주기를, 피오나가 자신을 어린아이가 아니라 독립적인 인격체로 대해 주기를 바라지만, 피오나는 주변의 평판과 시선에서 자유로울 수 없기에 애덤이 아예 자신에게 접근하지 말아 주기를 바란다. 평생 내가 아는 이 작은 세상이 전부인 줄 알았던 동굴 속의 외로운 왕자, 애덤. 그는 타인의 시선을 거부함으로써 자신의 고결함을 지키려 한다.

그런데 그의 행동에는 어떤 맹목적인 일관성이 있다. 그는 백혈병에 걸려 수혈이 급박한 상황에서 단호하게 수혈을 거부한다. 종교적 신념 때문에. 단 한 번도 의심해 본 적 없는 그 신앙의 정체는 바로 '여호와의 증인'이었다. 하지만 이제 애덤은 그 신앙마저 버리려 한다. 벗어날 수 없을 것만 같은 사랑에 빠져 버렸기 때문이다. 애덤은 자신이 아름답다고 믿는 존재에 사로잡히면, 그 대상에 완전히 몰입하여 '그것만이 내 세상'이라 믿어 버린다.

애덤에게 세상은 그렇게 단순하지 않다는 것을 가르쳐 줄 어른이 있었다면 얼마나 좋았을까. 종교적 신념에 묶여서 아들이 수혈을 받지 않고 죽겠다는 선언을 했을 때도 아이를 말리지 못한 부모, 애덤에게 진정으로 마음의 울타리가 되어 주지 못했던 부모를 애덤은 벗어나고 싶어 했다. 애덤에게 사랑의 열정만이 아니라 사랑을 포기해야 할 때를 가르쳐 주는 다정한 어른이 있었다면 얼마나 좋았을까. 누군가를 진심으로 사랑한다면, 게다가 그 사랑의 대상이 이미 결혼을 한 사람일 때는 멀리서 행복을 빌어 줄 수 있는 성숙함을 가르쳐 준 사람이 있었더라면 얼마나 좋았을까.

나는 애덤이 점점 극단적인 길을 선택하려 할 때마다 책이라는 장막을 찢고 책 속으로 들어가 그의 어깨를 가만히 토닥여 주며 말을 걸고 싶었다. '애덤, 네가 보내는 사랑의 노래가 그 사람에게 결코 가닿지 않아 괴로웠을 거야. 하지만 사랑을 포기할 때조차도 사랑은 못 견디게 아름답단다. 네가 시작했던 사랑도 아름다웠지만, 네가 지금 끝내야만 하는 이 사랑조차도 아름다운 거란다. 먼 훗날 돌이켜보면 아름다운 그런 것이 아니라 지금 이 순간 너는 단 한 번의 아름다움을 꽉 붙잡고 있는 거야. 그러니 후회하지 마. 그리고 꼭 살아야 해. 너는 더 아름다운 세상을 볼 자격이 있어. 너는 더 아름다운 미래의 너 자신을 끝까지 지켜볼 권리가 있어.'

하지만 나의 안타까운 염원은 애덤에게 가닿지 않았다. 애덤은 열여덟 살이 되는 순간, 이제 자신은 완전히 독립할 수 있는 성인이 되었다면서 다시 수혈을 거부한다. 이제 부모는 물론 법정도 애덤을 말릴 권리가 없어져 버린다. 애덤은 정말로 성인이 되어 버린 것이다. 성인이 된 애덤은 몇 달 사이 더욱 깊어져 고뇌가 가득 서린 얼굴로, 이 세상 사람이 아닌 것만 같은 표정으로 병실에 누워 있다. 아직 피오나를 알기 전에는 순교자의 마음으로, 영웅주의적인 심리로 수혈을 거부했다. 그러나 이제 피오나를 알고 그녀를 사랑하고 그녀에게 거부당한 뒤, 애덤은 자신의 순수한 의지로 수혈을 거부한다. 애덤은 한 여자에게 버려진 존재로 계속 살기를 거부하는 것이다. 세상에서 가장 이해받고 싶은 사람에게 영원히 거절당한 채로, 계속 더 살아갈 힘이 남아 있지 않았다.

피오나는 이 소식을 듣고 소스라치게 놀라 아무것도 제대로 할 수가 없다. 법조계 인사들의 화려한 파티가 열린 자리에서 우아한 모습으로 피아노 연주를 하던 피오나. 그녀는 피아노 반주를 하고, 그녀의 오랜 친구 마크는 멋들어진 테너 음색으로 노래를 하던 참이었다. 그런데 피오나는 그만 반주 중이라는 자신의 사회적 역할을 망각해 버린다. 그녀의 자아를 간신히 지탱하고 있었던 팽팽한 이성의 끈이 처음으로 풀린 것이다. 애덤을 죽게 내버려 둬선 안 돼. 애덤을 살려야 해. 내가 무슨 짓을 한 걸까. 그 어린 소년에게, 내가 과연 무슨 짓을 한 걸까. 피오나의 마음속에는 말로는 차마 표현할 수 없는 온갖 참회의 말들이 스쳐 갔을 것이다.

피오나는 단 한 번도 궤도를 이탈해 본 적이 없는 영혼이었다. 하지만 처음으로, 저 열일곱, 아니 이제는 열여덟 살이 된 청년 애덤 때문에 인생의 궤도를 이탈한다. 마크와 애초에 약속한 익숙한 앙코르곡이 아니라 애덤과의 첫 번째 만남이라는 추억이 서린 곡 「버드나무 정원」을 연주해 버린 것이다. 관객은 열렬한 환호를 보내지만, 마크는 어리둥절하다. 궤도를 이탈해 본 적 없는 피오나가 왜 자신에게 알리지도 않고 앙코르곡을 바꾸어 버린 것인지, 마크는 전혀 모르기 때문에.

애덤은 마침내 세상을 떠났다. 스스로의 강력한 의지로. 피오나는 자신이 영원히 놓쳐 버린 손 때문에, 이제 이 젊은이가 세상 전체를 향한 끈을 놓아 버렸다는 것을 깨닫는다. 애덤은 불가능한 꿈을 향해 투쟁하고, 피오나는 현실의 책임을 다하기 위해 투쟁한다. 두 사람은 언뜻 정반대의 길을 걷고 있는 듯하다. 그런데 두 사람은 어떤 측면에서는 매우 닮았다. 두 사람 모두 '고결함'을 지키기 위한 투쟁을 결코 포기하지 않는다는 점이다.

애덤의 고결함. 그것은 자신의 삶의 결정권을 결코 타인에게 넘겨주지 않으려는 투쟁이다. 피오나의 고결함은 판사라는 자신의 직업을 결코 권력이나 지위로서 바라보지 않고 자신이 결코 포기해서는 안 될 필생의 책임으로 생각한다는 점이다. 판사로서의 책임, 어른으로서의 책임, 그리고 한 사람의 훌륭한 시민으로서의 책임. 그 책임을 지키기 위해 피오나는 평생을 분투했고, 애덤을 향한 판결과 애덤을 향한 작별 인사 모두 그 고결함을 지키기 위한 피오나의 투쟁이었다. 마지막까지 고결함을 잃지 않는다는 점에서 두 사람은 마치 영혼의 쌍둥이처럼 닮았다.

피오나의 남편 잭은 두 사람을 이해하지 못한다. 애덤이 마침내 사망하자 '종교 때문에 죽었군.' 하고 생각하고, 아내가 애덤 때문에 괴로워하자 그 애를 사랑했냐면서 질투심을 숨기지 못한다. 잭의 틀에 박힌 사고방식이 피오나를 숨 막히게 한 것이다. 새로운 연인을 찾아 집을 나갔던 남편 잭은 마침내 집으로 돌아왔지만, 피오나는 영원히 예전의 피오나로 돌아가지 못할 것이다. 하지만 심장이 산산조각 난 듯한 아픔을 짊어지고도, 우리는 계속 살아갈 수 있다. 인간의 강인함이 때로는 이렇게 원망스럽다. 멀리서 보면 더할 나위 없이 멋있어 보이지만 정작 그 내면은 닳고 닳은 남편에게 온전히 이해받지 못한 채, 떠나간 애덤에 대한 미안함과 그리움을 아무에게도 말하지 못한 채. 피오나는 그렇게 이 차디찬 현실의 늪을 홀로 헤쳐 나갈 것이다.

이 소설의 아름다운 장면들은 수없이 많지만, 여러분께 꼭 알려 드리고 싶은 최고의 장면은 바로 애덤이 처음으로 피오나의 노래를 듣던 그 순간이다. 그들의 순수와 열정이 만나는 순간은 바로 피오나가 애덤에게 이 노래를 불러 주는 순간이었다. 예이츠의 시에 구스타프 말러의 음을 붙여 노래로 불러 주는 피오나. 그 노래가 바로 「버드나무 정원」이었다. 노래하는 피오나의 아름다운 목소리를 듣는 순간, 애덤은 그동안 그 어떤 타인에게서도 받지 못한 설렘과 감동을 느꼈던 것이다. 사랑에 빠지던 순간의 설렘과 슬픔을 노래한 예이츠의 문장은 과거에는 그토록 마시멜로처럼 달콤했지만, 이제는 사약보다 더 쓰디쓰게 다가온다. 사랑에 빠지던 순간에는 마치 세상에 하나뿐인 아름다운 세계를 향한 입장권이었지만, 이제 사랑이 떠나는 순간에는 영원히 다시 만날 수 없는 세계로 한 사람을 떠나보내야 하는 자의 비가(悲歌)로 들린다. 하지만 그 짧은 순간, 새로운 세상을 향해 천사의 날갯짓처럼 아련한 자태로 노래를 부르던 피오나의 음성은 독자의 가슴 속에 영원히 남을 것이다.

열일곱 살 소년이 종교적 신념 때문에 죽음을 선택하려 한다는 충격적인 사건이 없었더라면, 결코 만나지 못했을 두 사람. 서로 너무 다른 세계에 속해 있어서 결코 서로를 영원히 이해하지 못할 것만 같았던 두 사람이 실은 영혼의 쌍둥이처럼 꼭 닮은 존재였음을 알게 되는 그 순간. 판사 피오나는 병실에 누워 죽음만을 기다리고 있는 소년을 위해 감미로운 노래를 불렀고, 청년 애덤은 자신을 향해 쏟아져 들어오는 찬란한 첫사랑의 숨결을 마음껏 들이마시고 있었다. 순수한 영혼이 지혜로운 영혼을 알아보는 순간. 한 아름다운 청년이 이제 인생의 황혼을 바라보는 판사의 잃어버린 꿈을 발견하는 순간. 그렇게 영원히 돌이킬 수 없는 이 비극적인 사랑은 시작되었다.

내 사랑과 나는 강가의 들판에 서 있었지.

그녀는 눈처럼 새하얀 손을, 내 기울어진 어깨에 얹었네

그녀는 말했지. 강둑에 풀이 자라나듯, 인생을 편히 받아들이라고.

하지만 그때 나는 젊고 어리석었기에, 이제야 눈물 흘리네.

　— 윌리엄 버틀러 예이츠, 「버드나무 정원을 지나」에서

2부

브레이킹
Breaking

인간은 두 번
태어난다

헤르만 헤세, 『데미안』

인간은 왜 끊임없이 소울메이트를 찾는 것일까? 소울메이트는 천생연분과는 다르다. 연인과 달리 소울메이트는 서로에게 열정과 집착이 아닌 우정에 가까운 형태로 다가간다. 굳이 만나지 않아도 항상 내 마음속에 은거하는 소울메이트. 비슷한 취향이나 관심사로 나를 끌어당기는 사람이 아니라 영혼의 동질성으로 말을 건네는 사람이다. 소울메이트는 '쿵짝'이 잘 맞는 단짝 친구라기보다는 내 영혼을 자꾸 더 벼랑으로 몰아붙이는 존재, 자꾸만 더 무거운 화두를 던져 주며 "너는 거기 계속 안주할 거니?"라고 질문하는 존재다. 부모의 보호 아래 모범적으로만 자라온 소년 싱클레어에게 데미안 또한 그런 존재였다. 가까이 다가가고 싶지만 왠지 두려운 존재, '나'를 알기 위해 반드시 넘어서야 할 존재이지만 바로 그 이유 때문에 더욱 가까이 가기 싫은 존재. 아직 알에서 깨어나지 못한 싱클레어에게 데미안은 이렇게 말한다.

"우리 마음속에는 모든 것을 다 알고 모든 것을 원하고 우리 자신보다 모든 것을 더 잘 해내는 누군가가 살고 있어." 심리학자 융이라면 바로 그 '누군가'가 무의식임을 간파했을 것이다. 우리의 무의식은 우리가 의식적으로 느끼는 자아보다 훨씬 똑똑하고, 지혜로우며, 감성이 풍부할 뿐만 아니라, 남녀노소의 모든 측면이 한 인격 안에 공존하며, 선악은 물론 젊음과 늙음, 미와 추, 과거와 현재와 미래를 모두 품어 안고 있다. 모든 사람에게는 자기 안의 구루(guru), 내면의 스승이 있다. 그런데 그 내면의 스승을 불러 깨우는 존재가 바로 멘토이고 소울메이트이며, 때로는 심리학자가 그런 역할을 한다. 싱클레어는 악동 크로머에게 돈을 뜯기고 협박을 당하면서 처음으로 어둡고 험한 세상에 눈을 뜨게 된다. 크로머의 휘파람 소리만 들리면 그가 원하는 모든 것을 갖다 바쳐야 하는 노예 생활에 지친 나머지 싱클레어는 점점 삶의 의욕을 잃는다. 데미안은 그런 싱클레어를 구해 줌으로써 그의 인생에 노크를 한다. 데미안은 마치 내 귓가에 이렇게 속삭이는 것 같다. '안녕, 난 너의 무의식이야. 낯설고 무섭고 귀찮겠지만, 그래도 난 너의 가장 좋은 친구야. 이 세상

모든 사람이 널 떠나도 난 네 곁에 남을 거거든.'

싱클레어는 데미안을 동경하지만 자신이 데미안에게 빚졌다는 생각에 오히려 그를 멀리하게 된다. 그는 데미안이 자신의 성장을 이끌어 줄 소울메이트라는 사실을 알면서도 그를 회피한다. 심리학에서는 이런 현상을 '저항(resistance)'이라고 한다. 저항은 환자가 정신분석 중에 잠들어 버린다든지 조목조목 의사에게 따지는 행동에 이르기까지 다채롭게 나타난다. 진정한 자기 인식을 회피하려는 모든 방어적 노력이 '저항'으로 나타나는데, 싱클레어는 데미안이 자신의 모든 잠재적 충동을 꿰뚫어 보고 있음을 느낀 후 의식적으로 데미안을 회피하는 것이다. 저항은 환자와 의사가 모두 뛰어넘어야 할 자기 인식의 강력한 방어벽이다. 싱클레어가 그 저항이라는 장애물을 극복하는 방법은 바로 '그림 그리기'다. 그가 데미안을 멀리하고 기숙학교에서 홀로 생활하는 동안 만난 두 번째 멘토가 바로 오르간 연주자 피스토리우스다.

데미안과 떨어져 지내면서도 자신도 모르게 데미안이 제기한 수많은 화두들에 매달리며 싱클레어가 어렵게 완성한 그림이 바로 저 찬란히 날아오르는 맹금류 아프락사스다. 싱클레어는 자신이 무엇을 그리는지 인식하지 못한 채 무의식의 흐름을 따라 알에서 깨어나 날개를 펼치는 새를 그렸다. 데미안은 그 새의 이름이 아프락사스임을 알려 준다. 완전무결하고 지고지순한 신이 아니라 가장 어두운 악의 세계와 가장 아름다운 선의 세계를 모두 합일시킨 전체성의 신 아프락사스. 피스토리우스는 아프락사스의 의미를 알려 주고 해박한 지식과 통찰력으로 싱클레어를 훌쩍 성장하도록 돕기도 하지만, 드높은 이상을 꿈꾸면서도 안정된 삶의 유혹을 버리지 못하는 피스토리우스의 나약한 이중 심리를 싱클레어는 꿰뚫어 본다. 그리고 바로 그 피스토리우스의 나약함이 자신의 성장을 가로막는 장애물임을 알게 된다. 피스토리우스에게 '이제 그 곰팡내 나는 잡소리는 집어치우고 진짜 당신의 내면에서 솟아 나오는 이야기를 해 보라!'고 요구하는 순간, 싱클레어는 진정한 영혼의 독립을 선언한 것이다.

무의식의 바다에서 제멋대로 유영하는 수많은 가능성의 물고기들을 얼마나 의식의 낚싯대로 강하게 끌어들일 수 있을까? 그 의식의 낚시 솜씨를 기준으로 영혼의 성숙도를 체크할 수 있다면, 싱클레어는 데미안과 가까워질수록, 데미안의 어머니 에바 부인을 더 깊이 사랑할수록 자신의 무의식과 가까워지고 내면이 한층 성숙하게 된다. 피스토리우스는 퇴화된 날개를 지닌 채 닭이나 칠면조처럼 야생의 몸짓을 박탈당한 삶을 살지만, 진심으로 싱클레어가 창공을 박차며 날아오르기를 바란다. 피스토리우스는 화려한 날개를 지녔지만 끝내 제 힘으로 날아오르지 못하는 아름다운 공작새 같은 존재다. 데미안은 독수리의 날개와 매의 눈초리를 한 불사조다. 싱클레어는 아직 알에서 깨어나지 못한 어린 새였지만, 피스토리우스와의 만남을 거쳐 데미안과 다시 가까워짐으로써 언젠가 진정한 아프락사스처럼 찬란하게 비상할 것이다.

영웅의 마지막 변신, 그것은 스승과의 완전한 결별을 통해 완성된다. 1차 세계 대전이 일어난 후 전장의 용사로 변신한 싱클레어와 데미안이 다시 만난 것은 차가운 병상 위에서였다. 데미안은 마지막 길을 떠나며 싱클레어에게 속삭인다. 이제 내가 곁에 없더라도 내가 필요할 땐 날 부르지 말고, 네 안에서 날 찾으라고. 항상 저 멀리서 반짝이는 별이었던 데미안이 세상을 떠남으로 해서 싱클레어는 완전히 자기 안에 데미안을 갖게, 아니 스스로 데미안으로 변신하게 된다. 이제 힘들 때마다 데미안을 부를 필요가 없다. 조용히 거울 속의 나를 들여다보면 된다. 싱클레어는 외적인 성공을 추구하는 대신 끝없이 자기 내면의 부름에 응답함으로써 피스토리우스에 저항하고, 아프락사스를 꿈꾸고, 에바 부인을 순수하게 사랑함으로써 마침내 데미안에 가닿았다. 그의 내면 안에 데미안이 자리 잡게 되는 과정, 이제 더 이상 데미안을 소리쳐 부르지 않아도 그와 함께할 수 있게 되기까지의 과정은 멈출 수 없는 내면의 투쟁이자 의식이 무의식을 향해 자신의 완성을 부르짖는 초월의 몸짓이었다.

1차 세계 대전의 포화가 데미안의 육신을 삼켜 버렸지만, 우리의 영혼 또한 세파에 시달리며 부침(浮沈)을 계속하겠지만, 우리들 각자가 자기 안의 데미안, 내 안의 에바 부인을 찾는 몸짓은 멈추지 않을 것이다. 우리가 저마다의 무의식과 진정으로 조우하기 위해서는 피스토리우스의 해박함과 총명함을 넘어 데미안의 불굴의 용기와 에바 부인의 거침없는 자유를 몸속에 지녀야 한다. 데미안은 목숨을 걸고 전쟁의 소용돌이 속으로 뛰어들었으며, 에바 부인은 싱클레어의 어린 나이와 미숙함에도 개의치 않고 그를 진정한 소울메이트로 인정해 주었다. 데미안의 용기와 에바 부인의 자유, 그리고 싱클레어의 순수함이 환상의 트리오를 이룰 때, 우리 안의 피스토리우스, 아집과 오만과 편견으로 가득 차 소시민적 안정을 버리지 못하는 연약한 에고가 마침내 자유를 향한 비상의 날갯짓을 시작할 수 있을 것이다.

인간은 두 번 태어난다. 첫 번째는 어머니의 자궁 안에서, 두 번째는 자신의 무의식이라는 내면의 자궁 안에서. 그 두 번째 탄생은 오직 '의식'의 끊임없는 투쟁을 통해서만 이루어 낼 수 있다. 마침내 어머니가 아닌 바로 나 자신이 또 다른 나를 새로이 잉태하는 그날까지. 의식의 단단한 껍질을 깨고, 무의식의 희망, 아프락사스가 아름다운 날개를 펼치며 비상하는 그날까지.

공존을 위한
마지막 관문

카를로 콜로디, 『피노키오』

거짓말하지 말고 어른들 말씀 잘 들으라는, 지극히 교훈적인 동화로 기억했던 『피노키오』를 막상 어른이 되어 읽어 보니 이젠 이 세상 육아의 온갖 고통을 총망라한 교육학 지침서로 읽힌다. 말 안 듣는 천방지축 말썽꾸러기의 대명사 피노키오는 어른의 눈으로 보니 우리 마음속에 아직도 남아 있는 '세상을 향한 반항심의 집결체'였다.

　피노키오의 창조주 제페토의 고난은 상상을 초월한다. 그런데 그 고통의 일부는 제페토 스스로의 책임이기도 하다. 제페토 할아버지는 걸핏하면 잘못을 저지르고 쏜살같이 달아나는 피노키오의 버릇을 고쳐 주겠다며 귀를 잡아당기려 한다. 그런데 놀랍게도 피노키오에게는 귀가 없었다. 제페토가 피노키오를 서둘러 만들다가 귀 만드는 것을 깜빡 잊어버렸기 때문이다. 말썽쟁이 소년에게는 타인의 말을 들을 '귀'가 없다는 것, 이 얼마나 훌륭한 은유인가! 어른이 되어도 남의 조언을 진심으로 경청하는 귀가 발달하지 못해 평생 고생하는 이들이 많다. 아무리 좋은 말을 들려줘도 '쇠귀에 경 읽기'니 말이다.

목각 인형 피노키오가 진짜 인간이 되기 위한 첫 번째 관문, 그것은 바로 '귀'를 얻어 타인의 말을 알아듣는 것이었다. 귀가 열려 타인의 목소리를 듣게 되자 또 하나의 고민거리가 생겼다. 늘 좋은 말만 들리는 것은 아니었기 때문이다. 온갖 감언이설로 피노키오를 꼬드기는 존재들은 그가 가진 아주 작은 소유물들을 노린다. 제페토는 교과서를 사 줄 돈이 없었기에 하나뿐인 외투를 팔아 그 돈을 피노키오에게 준다. "아들아, 부디 이 돈으로 책을 사서 열심히 공부해 다오."라는 아버지의 간절한 염원이 담긴 눈물겨운 푼돈을 노리는 이들이 피노키오를 유혹한다. 피노키오는 아버지의 마음을 아프게 해선 안 된다는 생각과 맛있는 사탕을 먹고 싶은 유혹 사이에서 갈등하는데, 결국 더 달콤하고 더 편안한 유혹의 목소리에 손을 들고 만다. 들을 수 있는 '귀'가 있어도 옳은 것을 택할 수 있는 강한 '의지'가 없다면 그 귀는 무용지물이었던 것이다.

피노키오가 올바른 길을 선택할 수 있는 강한 의지

는 엄청난 시행착오를 거쳐 연마된다. 피노키오가 겪는 모든 유혹은 사실 현대 사회의 어른들도 항상 겪는 것들이다. 피노키오는 "네가 가진 돈을 수백 배로 부풀려 줄게."라는 사기꾼의 유혹에 넘어가기도 하고, "너를 우리 멋진 조직에 넣어 줄게."라는 집단의 유혹에 넘어가기도 한다. 때로는 다리가 몽땅 불타 버리는 처참한 고통을 겪기도 하고, 심지어 목이 대롱대롱 매달리는 심각한 상황에 처하고 나서야 피노키오는 '아버지와 함께하는 세상'의 소중함을 깨닫는다.

불량배들은 피노키오를 자신들의 무리 안으로 꼬드기려고 이렇게 유혹한다. "공부 잘하는 애들은 우리같이 공부에 관심 없는 애들을 항상 눈에 띄지 않게 만들잖아. 우리도 이렇게 투명인간처럼 살고 싶진 않다고!" 그들은 피노키오도 자신들처럼 공부를 등한시하기를, 못 말리는 말썽꾸러기가 되기를 바란다. "너도 우리의 세 가지 적, 학교, 수업, 선생님을 증오해야만 해!" 하지만 온갖 간난신고를 거쳐 성숙해진 피노키오는 7대 1의 상황에서도 결코 지지 않고 맞선다. "넌 혼자고 우린 일곱이라는 걸 기억해!"라며 달려드는 불량배들에게 피노키오는 당당히 맞선다. "시체처럼 비실거리는 일곱 명을 무서워하라고?"

이제 '용기'라는 오른팔과 '의지'라는 왼팔의 도움을 받아 누구보다도 씩씩한 소년이 된 피노키오를 기다리고 있는 마지막 관문은 바로 '이기심'이었다. 이기심은 어른들도 넘기 힘든, 아니 어른들이 더욱 뛰어넘기 힘든 마음의 장애물이다. "남보다 더 많이 가지고 싶다."로부터 시작해서 "남보다 더 뛰어나고 싶다."는 욕망에 이르기까지, 타인보다 '나'를 우선시하는 것은 인간의 자연스러운 본능이자 치명적인 결점이다.

피노키오는 제페토와 함께 유리걸식하는 상황이 되어서야 이 무시무시한 이기심의 늪을 건널 수 있게 된다. 굶주린 제페토가 우유 한 잔 마실 수 없는 상황이 되자 피노키오는 자신이 물레방아를 직접 돌리는 노동을 감당하는 대가로 제페토에게 매일 우유 한 잔을 먹일 권리를 얻게 된다. 피노키오는 하루 종일 물레방아를 돌리는 힘겨운 노동 끝에 번 돈을 아버지 제페토를 살리는 데 쓴다. 자기 때문에 오랫동안 온갖 고생을 해 온 아버지를 돕는데 자신의 '힘'을 쓸 수 있다는 것을 알자, 피노키오는 생애 최초로 진정한 기쁨을 누린다. 아버지 몰래 사탕을 사 먹는다든지 교과서 살 돈으로 서커스 구경을 가는 은밀한 쾌락과는 도저히 비교도 되지 않는 커다란 희열, 그것은 나의 힘으로 소중한 사람을 도울 수 있다는 가능성의 발견이었다. 피노키오는 비로소 깨닫는다. 내가 가진 작은 힘들을 모아 마침내 나에게 소중한 타인들을 도울 수 있다는 것이야말로 자잘한 이기심을 충족시키는 것보다 더 커다란 내면의 희열이라는 것을.

타인과 함께 공존하는 삶의 소중함을 알게 되었을 때, 피노키오는 비로소 진짜 인간이 된다. 쾌락주의자 피노키오는 나보다 나를 더 걱정하고 나보다 더 나를 아파하는 아버지의 존재를 생각함으로써 타인의 고통을 상상하고 그 아픔에 공감하는 능력을 갖게 되어 진짜 인간이 된다. 피노키오를 진짜 사람으로 만들기 위해 노력한 모든 사람들은 한 아이를 둘러싸고 '친밀감의 공동체'를 이룬다. 누군가 나를 진실로 걱정하고 배려하며 소중하게 여긴다는 사실이 언젠가는 나를 구원할 수 있다. 피노키오는 '혼자 경험하는 쾌락'과 '함께 경험하는 쾌락'의 차이를 알게 된다. 혼자 먹는 사탕은 입에만 달아도 함께 먹는 음식은 마음에도 달다. 사랑하는 사람들과 함께 나눠 먹는 소박한 음식은 그 어떤 산해진미 부럽지 않은 진수성찬이니까.

맛있는 것을 혼자 먹을 때 누군가 함께 먹고 싶은 사람이 생각나고, 아름다운 장소를 혼자 바라볼 때 간절하게 함께할 누군가를 떠올리는 것은 인간의 아름다운 본성이다. 생물학적인 인간을 사회적이고 심리적인 인간으로 만드는 것, 그것은 바로 공감(empathy) 능력이었던 것이다. 아무리 그를 사랑해도 그 사람 마음속으로 들어갈 수 없는 것이 인간의 한계이지만, 그 서글픈 한계를 뛰어넘어 타인의 슬픔에 가닿는 것. 당신을 속속들이 알 수는 없어도 당신의 모든 감정과 열망과 무의식까지도 존중하는 것. 그것이 바로 사랑할 수 있는 능력이니까.

들리는 말들의 가치를 판별할 수 있는 지혜의 눈을 뜰 때까지 피노키오는 온갖 고초를 겪는다. 피노키오의 외형을 만든 것은 목수 제페토였지만, 피노키오의 '마음'을 만든 것은 피노키오 스스로의 투쟁이었다. 어른이 되어 다시 읽는 피노키오 이야기는 예전보다 훨씬 더 가슴이 아리다. 내가 저지른 일에 진정으로 아파하고 슬퍼하고 뉘우치는 마음이 생겨나기까지, 우리는 언제까지나 아직 조금씩은 목각 인형 피노키오로 남아 있으니까. 내 진실한 속마음을 배반하고 '하얀 거짓말'을 할 때마다, 내 안의 피노키오의 코는 여전히 길어지니까.

누군가의 키다리 아저씨가
되기 위하여

진 웹스터, 『키다리 아저씨』

"한때 우리 자신이었던 어린아이는 일생 동안 우리 내면
에서 살고 있다."

— 지그문트 프로이트

앞서 소개했던 심리학 개념 '내면 아이'에 대해, 내가
워낙 반신반의하던 때가 있었다. 그래서 하루는 내 안에
내면 아이가 정말 있기는 있나 싶어 그 아이를 시험 삼아
한번 불러 보았다. "정말 너란 애가 있는 건지 모르겠다.
왜 이렇게 네 존재를 믿을 수가 없는 걸까?" 이렇게 말을
걸어 보았더니 놀라운 대답이 돌아왔다. "네가 그렇게 나
를 무시하니까 내가 안 보이는 거야. 난 항상 네 곁에 있
었어." 더럭 겁이 나기도 했고, 한편으론 그 아이가 반갑
기도 했다. 그때부터 나는 내 안의 어린아이와 대화를 나

누기 시작했다. 때로는 투정부리기 좋아하는 그 아이를 야단치기도 하고, 때로는 지칠 줄도 모르고 사랑받기만을 맹렬히 원하는 그 아이를 다독이고 쓰다듬어 주기도 하면서.

마거릿 폴의 『내면 아이의 상처 치유하기』에는 나처럼 내면 아이를 무시하던 로라의 이야기가 나온다. 직장 스트레스로 초주검이 되어 있었던 로라는 어느 날 심리상담을 받고 '내면 아이'의 존재를 알게 되지만 도저히 믿을 수가 없어 이렇게 말한다. "만약 네가 정말 내 안에 있다면 뭐라고 말이라도 좀 해 봐!" 그랬더니 그녀 안에서 누군가가 절규하는 것이 아닌가. "제발 도와줘!" 로라는 그때부터 자신의 내면 아이와 대화를 시작했다. 너 혼자이 모든 것을 다 해낼 필요는 없다고. 너 혼자 그 모든 짐을 감당할 필요는 없다고. 내가 너를 도와주겠다고. 우리는 이렇게 각자의 내면 아이에게 말을 걸어 줄 필요가 있다. 내면 아이와 성인 자아의 유대감(inner bonding) 형성이야말로 자기 안의 오랜 상처를 극복하는 첫걸음이기 때문이다.

이런 대화가 너무 쑥스럽고 어색하다면, 내면 아이와 자연스럽게 대화할 수 있는 책이나 영화를 접해 보는 것도 좋다. 나에게 내면 아이를 일깨운 최고의 책은 『키다리 아저씨』였다. 이 이야기는 내게 일종의 죄책감 어린 쾌락(guilty pleasure)을 선물했다. 나는 이 작품을 읽으며 탄식했다. 왜 난 어른이 되어서도 아직까지 키다리 아저씨를 기다리고 있는 걸까? 이미 다 자랐지만, 충분히 넘치는 사랑을 받고 있지만, 그럼에도 또 다른 키다리 아저씨의 조건 없는 사랑을 갈구하는 이 욕심꾸러기야말로 내 안의 내면 아이다. 하지만 『키다리 아저씨』는 나의 내면 아이를 위로하고 성숙하게 만들어 주기도 했다. 사실 알고 보면 내게도 나만의 키다리 아저씨가 있었다, 내가 그 존재를 무시했을 뿐. 소설 속 키다리 아저씨처럼 학비를 대준 것은 아니지만 나의 숨은 재능을 진심으로 알아봐 주고 "넌 굳이 칭찬할 필요조차 없어, 그 자체로 눈부시니까!"라고 격려해 준 사람이 있었다.

누구에게도 사랑받은 적 없는 고아 소녀 주디가 처음으로 키다리 아저씨에게 느낀 감정은 고마움이나 애정보다는 놀라움이 아니었을까? 내가 누군가에게 진심 어린 칭찬을 받을 수 있다니! 누군가 내 재능을 멀리서도 알아봐 준다는 것. 내겐 재능이 전혀 없다고 생각했는데, 아주 가까이 온 마음을 다해 들여다봐야만 간신히 보일까 말까 하는 내 안의 여린 빛을 누군가 멀리서도 알아본 것이다. 내 안의 숨은 빛을 찾아낸 모든 사람이 내게는 키다리 아저씨였던 것이다.

아직 십 대 소녀이지만 고아원에서는 나이가 제일 많아 수많은 어린아이들의 대리 부모 역할을 도맡던 주디는 겉으로는 애늙은이였지만 속으로는 항상 사랑에 목마른 여린 소녀였다. 키다리 아저씨가 주디의 글쓰기 실력에 탄복한 계기는 바로 "우울한 수요일"이라는 제목의 작문 때문이었다. 주디는 매월 첫째 수요일 고아원 아이들을 돌보느라 학교에 결석해야 했는데, 그런 상황에 대한 솔직한 비판과 풍자, 유머러스한 묘사가 키다리 아저씨의 심금을 울렸던 것이다. 고아원 원장은 이 글을 매우 싫어했지만, 키다리 아저씨의 눈에는 어른들의 무관심에 방치된 고아 소녀의 꾸밈없는 마음이 투명하게 드러난 보석 같은 글쓰기였다. 바로 이때 남몰래 고아원 아이들을 돕던 키다리 아저씨의 마음을 사로잡은 감동의 주범이 바로 주디의 내면 아이였던 셈이다. '난 한번도 사랑받은 적이 없어, 누군가 한 사람이라도 나를 사랑해 주었으면…….' 하는 간절한 소원을 품은 내면 아이, 그 아이가 키다리 아저씨의 가슴을 움직였던 것이다.

키다리 아저씨와 주디의 소통법은 매우 독특하다. 누군가를 훌륭한 작가로 키우고 싶다면 꼭 한번 따라 해 볼 만한 교육 방법이기도 하다. 키다리 아저씨는 주디의 대학 학비와 용돈을 대 주는 대신 딱 하나 조건을 제시한다. 그것은 바로 한 달에 한 번씩 키다리 아저씨에게 편지를 쓰는 것이었다. 게다가 아저씨는 결코 답장을 하지 않는다는 조건까지. 아저씨의 본명도 나이도, 그리고 직업은 물론 얼굴까지, 완전히 베일에 싸인 상태다. 내가 전혀 모르는 사람이지만 내 인생을 송두리째 바꾼 한 사람에게, 절대로 형식적이지 않게, 내 진심을 담아 편지를 쓴다는 건 얼마나 어려운 일인가? 주디는 아저씨가 어떤 사람인지 알아내고 싶어 온갖 잔꾀를 짜내 보지만 그럴수록 아저씨의 정체는 더욱 미궁에 빠진다. 하지만 바로 그렇게 수신자가 누구인지 전혀 모르는 상태에서도 훌륭한 편지를 쓸 수 있다면 그는 분명 좋은 글을 쓸 수 있을 테다. 주디는 그렇게 자기 안에 한번도 사랑받지 못한 내면 아이를 훌륭한 성인 자아로 키워 낼 수 있었다. 이제는 내면 아이를 위로하고 성장시킬 수 있는, 내 안의 성인 자아를 발굴하기. 그것이 성인이 되어 어린 시절 읽은 책을 다시 읽는 기쁨의 실체다.

키다리 아저씨의 조건 없는 사랑이 주디에게 준 것은 바로 나도 언젠가 훌륭한 작가가 될 수 있을 거라는 내면의 깊은 확신이었다. 주디는 잡지사에 원고를 보내 "이 원고는 출간할 수 없습니다."라는 거절 편지를 받기도 하지만, 그런 아픔은 좋은 작가가 되기 위해 반드시 겪어야 할 통과 의례였다. 키다리 아저씨는 섣불리 칭찬과 응원을 남발하는 호들갑스러운 답장을 보내는 대신 주디가 혼자서 상처를 고백하고, 곱씹어 보고, 그리고 마침내 스스로 치유할 때까지 말없이 기다려 준다. 물론 가끔씩 변화무쌍한 둔갑술을 구사하며 주디의 주변에 나타났다 사라지는 '저비 도련님'의 역할에도 충실하면서 말이다. 그는 장학금만 보내 주고 나 몰라라 하는 사무적인 자선 사업가가 아니라 주디의 인생 깊숙이 직접 발을 디뎌 비로소 주디에게 '첫 번째 가족'이 되어 준다.

'언젠가 잘해 낼 수 있을 거야.' '지금은 힘들지만 잘할 날이 올 거야.'라는 긍정적인 자기 암시를 심리학에서는 '자기충족적 예언'이라고 한다. 바로 이 자기충족적인 예언이 구호 물품인 헌옷을 입고 자라며 '절대로 이런 마음의 상처는 치유될 수 없을 거야.'라고 믿던 주디를 변화시킨다. 자신처럼 힘들게 자라고 있는 고아들을 도울 수 있는 사람, 그리고 자신의 삶을 재료로 훌륭한 글을 쓸 수 있는 작가로 말이다.

어릴 때는 상상했다. 내게도 키다리 아저씨가 있다면 나도 좀 더 힘을 내서 이 역경을 헤쳐 나갈 수 있을 텐데. 이십 대에는 간절히 기도했다. 이 세상 모든 외로운 주디들에게 키다리 아저씨 같은 사람들이 나타나기를. 이제 나는 스스로에게 기도한다. 이제 바로 내가 누군가에게 키다리 아저씨가 될 차례구나. 내 안의 내면 아이는 오히려 성인이 된 나에게 용기를 북돋운다. '넌 반드시 해 낼 거야.' 어느새 훌쩍 자라 씩씩해진 나의 내면 아이는 나를 바지런히 채찍질한다. 키다리 아저씨처럼 부자는 아니지만, 키다리 아저씨처럼 다리가 기다란 남자는 아니지만, 나의 글과 삶이 누군가에게 키다리 아저씨처럼 크고 깊고 뜨거운 용기를 불어넣을 수 있기를.

마음속 미로에서 아리아드네의
실을 찾아라

기 드 모파상, 『목걸이』

몇 년 전에 큰맘 먹고 하이힐을 몇 달 신었다가 낭패를 봤다. 잠깐은 멋 내기와 키 큰 척하기에 성공할 수 있었지만 후유증이 엄청났다. 발바닥 통증 때문에 걸을 때마다 송곳으로 찌르는 듯한 아픔을 느끼는 족저근막염에 걸려 1년 넘게 고생했다. 마음의 사소한 허영 때문에 커다란 육체적 고통을 겪은 뒤에야 나는 내 마음의 생김새를 돌아보게 되었다. 의식적으로는 다스린다, 돌아본다, 받아들인다고 스스로 이야기하면서 한편 알록달록한 욕망의 채찍질에 매번 휘둘리곤 하는 내 울퉁불퉁한 마음의 모습을.

마음의 생김새는 우리가 원하는 만큼 그렇게 매끄럽고 또렷하지가 않다. 마음은 자꾸만 더 큰 것을 원하는데 막상 더 큰 것을 잡고 나면 그 성취에 대한 치명적인 대가가 항상 따라다닌다. 인간은 욕망의 부피를 늘리는 데는 관심이 많지만 그 부작용에 대해서는 눈감곤 한다.

욕망의 이득만을 취하려 하고 욕망의 필연적인 부산물을 책임지지 않으려 할 때, 무의식은 반드시 값을 치르길 요구한다. 의식적으로는 만족감을 느끼면서도 무의식적으로는 뭔가 켕기는 구석이 있기 때문에, 실수나 꿈을 통해 무의식은 자꾸 '너 자신을 돌아보라.'고 부추긴다. 후회나 죄책감 때문에 악몽을 꾸거나 가위눌리는 것이 바로 '무의식의 메시지'다. 욕심을 내거나 허영에 빠지기는 쉬우나 욕망의 대가를 미리 예측하거나 사후적으로 반성하는 것은 참으로 어려운 일이다. '마음 챙김(mindfulness)'이란 그렇게 스스로 객관화하기 어려운 내 마음의 감시자, 관찰자, 치유자가 되는 일이다.

욕망의 노예가 되기 쉬운 인간의 연약하면서도 복잡다단한 심리를 탁월하게 그린 소설가 기 드 모파상은 「목걸이」라는 작품을 통해 인류의 고질병인 허영심에 접근한다. 뛰어난 미모를 지녔지만 유복하게 자라지 못한 마틸드는 가난한 하급 관리와 결혼한 뒤 무미건조한 삶을 살아간다. 그녀는 모두가 선망하는 유명인들에 둘러싸여 호화로운 집에서 사는 것을 꿈꾸지만, 그럴 때마다 자신의 현실이 비교돼 더욱 비참한 기분을 느낀다. 초라한 건

물, 얼룩덜룩한 벽, 삐걱거리는 의자. 그 모든 살림이 구
차스럽게 느껴진다. 그녀에겐 멋진 드레스도 화려한 장
신구도 없다. 하지만 그녀가 갈망하는 것은 온통 사치스
럽고 화려한 것들뿐이다. 사람들의 시선을 한 몸에 받는
것. 그것이 마틸드의 간절한 소원이다.

그렇게 우울한 나날을 보내던 중, 마틸드에게 남편
이 선물을 하나 들고 온다. 문부성 장관 댁 무도회의 초대
장이었다. 남편은 아내를 기쁘게 해 주려는 마음으로 잔
뜩 들떠 있는데, 마틸드는 초대장을 내던지며 짜증을 부
린다. "도대체 뭘 입고 가라는 거예요?" 순진한 남편은 그
것까지는 생각을 하지 못했다. 마틸다의 눈에서는 이미
커다란 눈물방울이 뚝뚝 떨어지고 있다. "야회복이 없잖
아요. 파티엔 갈 수 없어요." 착한 남편은 비상금으로 저
축해 둔 돈을 몽땅 털어 아름다운 드레스를 맞춰 준다.

하지만 파티가 다가올수록 아내의 표정은 굳어 간
다. "장신구가 하나도 없어요. 보석이라곤 하나도 없잖아
요. 몸치장할 보석이 하나도 없으니, 궁상맞아 보일 거예
요. 차라리 파티에 가지 않는 편이 나아요." 여기까지, 여
러분의 눈에는 그녀의 '어떤 마음'이 보이는가? 마틸드는
허영으로 똘똘 뭉친 사람이지만 불쌍한 남편을 유혹해
'자신이 원하는 것'을 얻어 내는 심리전에는 탁월한 성취

를 보인다. 남편은 이번에도 마틸드의 역성을 든다. 당신 친구 포레스터 부인에게 부탁해서 장신구를 빌리면 되지 않겠느냐고.

포레스터 부인을 생각하는 것만으로도 질투심에 치떨리던 마틸드였지만 이번에는 원하는 것을 얻을 수 있는 유일한 비상구인 그녀에게 기탄없이 달려간다. 마틸드는 자존심 따윈 내팽개쳐 버리고 사정을 이야기했고, 포레스터 부인은 선심 쓰듯 자신의 장신구들을 보여 준다. 마틸드는 그중에서도 가장 빛나는 장신구, 화려한 다이아몬드 목걸이를 빌려 도망치듯 돌아온다. 포레스터 부인의 볼에 마구 입까지 맞춘 채.

마틸드는 소원대로 파티에서 가장 주목받는 여인이 된다. 우아한 자태와 매력적인 외모를 마음껏 뽐내며 모든 남자의 시선을 자신에게 집중시키는 데 성공한 마틸드는 세상에 태어나 이보다 더 행복한 날은 없을 것만 같은 밤을 보낸다. 고위층 남성들이 하나같이 그녀에게 왈츠를 청했고, 그녀는 마치 무엇에 취한 듯 정신없이 춤을 춘 뒤 무려 새벽 4시가 되어서야 파티장을 나온다. 그녀는 마치 12시가 되면 마법이 풀릴까 봐 미친 듯이 계단을 뛰어가는 신데렐라처럼 남편이 걸쳐 주는 낡은 외투 따위는 쳐다보지도 않고 미친 듯이 거리로 뛰어나온다.

그 다급함이 화근이었다. 낡은 외투나마 걸쳐 입고 천천히 파티장을 나왔더라면, 그녀는 결코 목걸이를 잃어버리지 않았을 것이다. 화려한 모피 코트를 입고 마차를 타는 부인들과 비교되지 않기 위해 화급하게 뛰어나오다가 그녀는 목걸이를 잃어버린 것이다. '파티에서 최고로 주목받는 여인'이 되고픈 허영심은 충족되었지만, 친구의 것과 똑같은 다이아몬드 목걸이를 사기 위해 무려 4만 프랑이라는 거금을 당장 구해야 하는 상황에 빠진 마틸드는 망연자실하고 만다. 엄청난 빚을 내어 똑같은 다이아몬드 목걸이를 사서 돌려주는 순간에도 마틸드의 가슴은 두근거린다. 친구가 혹시나 알아볼까 봐. 자신을 도둑이라고 생각할까 봐. 그녀는 그 순간에도 이 심각한 상황보다 자신의 '자존심'을 먼저 생각했던 것이다.

그 후로 10년 동안, 마틸드는 입고 싶은 옷은커녕 먹고 싶은 음식도 제대로 먹지 못한 채, 그악스럽게 일만 하여 마침내 빚을 다 갚게 된다. 그 사이 미모도 젊음도 사라진다. 무엇보다도 '남편과의 평화로운 결혼 생활'이라는 '이미 그녀가 지니고 있었던 것들'조차 다 잃어버리고 만다.

드디어 거액의 빚을 다 갚은 마틸드가 샹젤리제 거리를 걷다가 아직도 변함없이 젊고 아름다운 포레스터 부인을 만난다. 오랫동안 참고 참았던 그 무엇이 가슴 깊은 곳에서 치밀어 올라온다. '이제 말해 줘야지. 빚은 다 갚았으니까, 내가 이렇게 된 것은 너 때문이라고 꼭 말해 줘야지.' 포레스터 부인은 마틸드를 알아보지 못한다. 너무나 늙고 초라하게 변해 버린 마틸드를 친구조차도 알아볼 수 없게 된 것이다. 하지만 마틸드는 이게 다 '너 때문'이라며, 아무튼 이제야 빚을 다 갚았으니 마음이 편하다고, 자랑스러운 듯 미소를 짓는다. 포레스터 부인은 숨이 탁 막혀 온다. 그녀는 친구의 손을 꼭 붙들고 이렇게 말한다. "어쩌니, 어쩌면 좋니. 마틸드! 그 목걸이는 가짜였어. 겨우 500프랑밖에 하지 않는."

끊임없이 움직이기에, 조용한 관찰 자체가 어려운 '나 자신'의 마음 챙김이 어렵다면, 우선 소설 속 주인공의 심리 변화를 마음 챙김의 관점에서 바라보는 훈련을 해 보자. 마음 챙김의 핵심 기술은 '거리 두기'다. 내 마음이 어떤지 그 모습에 따라 판단하고 단죄하는 것이 아니라 그저 마음의 변화무쌍한 움직임을 가만히 바라보며 '이건 증오로구나, 이건 질투로구나, 이건 아직도 해결되지 않은 트라우마로구나.' 하고 무조건 끄덕이는 과정이 필요하다. 분노도 시기심도 원한도 나쁘다거나 없애 버려야 한다는 판단부터 내리지 말고, 왜, 어떨 때, 누구 때문에 더 자극되는지를 살피기 시작하면 내 마음의 미로로 들어가는 '아리아드네의 실'이 보이기 시작할 것이다.

명품을 모방한 '짝퉁'을 사서라도 사람들 속에서 돋보이고 싶은 마음, 친구에게는 결코 진짜 다이아몬드 목걸이를 빌려주지 않는 의뭉스러운 불신의 마음. 모파상은 일찍이 19세기에 이런 인간의 치사하고도 몰염치한 측면을 짜릿하게 간파해 냈다. 어쩌면 우리 안에도 마틸드, 또는 포레스터 부인이 도사리고 있을지 모른다.

솔직함은
최선의 치유

가브리엘 수잔 바르도 드 빌뇌브, 『미녀와 야수』

요새 글을 쓰는 게 정말 마음의 상처를 치유하는 데 도움이 되느냐는 질문을 많이 받는다. 모든 글이 그런 것은 아니지만 내 상처나 콤플렉스를 드러내는 글을 쓰는 건 도움이 된다. 상처를 표현하는 글을 쓰는 과정은 정말 부끄럽고 힘이 드는데, 막상 쓰고 나면 홀가분하기 이를 데 없다. 마음 깊은 곳에 숨어 있을 때는 남산만 하던 고통이 막상 표현해 놓고 나면 콩알만 해진다. 겨우 이런 걸 갖고 10년 넘게 마음고생을 했나 싶다. 글을 쓰는 순간 마음속 오랜 번민의 복잡한 소용돌이가 '텍스트'라는 형태로 객관화되기 때문이다. 간접적으로 드러내는 것도 도움이 되지만 솔직할수록 더 큰 도움이 된다. '내 친구가 그러는데', '이건 내 얘기는 아닌데'로 이야기를 시작하는 것은 많은 경우 자기고백의 소심한 대체재다.

『미녀와 야수』를 다시 읽으며 나는 여주인공의 진정한 매력이 바로 이 '솔직함'에 있음을 알게 되었다. 물론 처음부터 여주인공이 솔직하게 모든 것을 다 말하는 것은 아니다. 디즈니 애니메이션의 '미녀' 캐릭터 벨과 달리 원작 소설의 '미녀'에게는 무려 다섯 명의 형제자매가 있다. 어릴 때부터 조용한 책벌레였던 미녀는 질투심 많고 탐욕스러운 언니들에 치여 자신이 원하는 것을 제대로 표현하지 못한다. 하지만 아버지가 자신에게 줄 장미꽃을 따기 위해 야수의 정원을 침범했다는 이유로 "네 딸을 데려오면 너를 살려 주겠다."라고 협박받은 뒤, 미녀는 언니들과 오빠들을 제치고 아버지의 구원자로 나선다. 조용한 은둔자였던 미녀가 용감한 투사로 돌변한다. 평소에는 아무도 그녀의 진가를 몰랐지만 절체절명의 위기가 닥쳐오자 무의식 깊숙이 잠재한 그녀의 용기가 거침없이 분출된 것이다.

아버지를 구할 수만 있다면 죽어도 좋다는 미녀의 초인적인 용기는 심약한 아버지는 물론 무서운 야수까지 끝내 감동시킨다. 그런데 미녀가 자발적으로 야수의 성에 들어가 엉겁결에 동거하게 된 두 사람의 대화가 재미있다. 야수는 미녀에게 온갖 음식과 아름다운 옷들, 호화로운 장신구를 선물하며 구애하고, 매일 밤 미녀에게 묻는다. "내 얼굴이 추하지 않소?" 예의 바르고 사려 깊은 미녀가 뜻밖에도 그렇다고 대답한다. 야수가 보여 준 뜻밖의 친절은 무척 고맙지만, 야수의 모습이 무섭고 추한 것은 사실이라고. 야수는 실망하지만 좌절하지는 않는다. 그녀가 연민과 공포 때문에 거짓말을 했다면 야수는 더 크게 상처받거나 그녀를 해쳤을지도 모른다. 그녀의 솔직함으로 인해 야수는 거짓 연민의 덫에 걸리지 않을 테니까.

그녀에게 매일매일 더 적극적인 애정 공세를 펼치는 야수의 노력이 진심이라는 것을 느끼자, 미녀는 말한다. "당신은 참 좋은 사람이군요. 당신의 착한 마음을 알게 되니 이제 더 이상 당신의 얼굴이 무섭지 않아요." 하지만 가이드라인도 확실하다. 야수와 친구가 될 순 있지만 남녀로 사랑할 수는 없다는 것을 분명히한다. 벨은 야수에게 친절하게 대하면서도 일정한 거리를 둔다. 그와 친구는 될 수 있지만 그를 남편으로 삼을 수는 없다. 사랑과 우정은 다르니까. 하지만 야수는 만족할 수 없다. 단지 마법을 풀기 위해서가 아니다. 야수는 진정으로 미녀를 사랑한다. 바로 그 사랑 때문에 야수에게는 미녀의 예절 바른 우정마저도 상처가 된다. 야수가 원한 건 다정한 우정이 아니라 생을 다 태워 버리고도 모자랄 열정적인 사랑이었던 것이다.

　미녀는 식구들과 있을 때보다도 야수와 있을 때 더 솔직하다. 아버지에 대한 효심 때문에, 언니들의 질투와 탐욕에 대한 원망을 숨기느라 자기 감정을 제대로 분출해 본 적이 없던 미녀가, 더 이상 물러날 데가 없는 야수의 성에서 비로소 자신의 진심을 드러내는 것이다. 그런데 이토록 솔직한 미녀가 야수에게 휴가를 허락받자 자기도 모르게 방어 기제를 작동시키고 만다. 일주일만 아버지 곁에 머물기로 했던 그녀가 열흘이 넘게 지체하며 야수가 자신을 간절하게 기다리고 있다는 사실을 망각해 버린 것이다. 이것은 전형적인 '부정(denial)'의 방어 기제인데, 고통스러운 현실 자체를 부정함으로써 현실로부터의 탈출 욕망을 가상적으로 충족하는 것이다. 야수가 자신을 사랑하고 있다는 것, 그가 자신을 목숨 걸고 기다리고 있다는 사실을 깜빡 잊는 것이야말로 야수의 존재를 부정하고 싶은 무의식의 표출이 아니었을까?

　지그문트 프로이트의 딸 안나 프로이트는 방어 기제를 유형화하고 어떤 방어 기제를 쓰느냐에 따라 인간의 성숙도를 측정할 수 있다고도 했다. 방어 기제 중 가장 성숙한 태도는 바로 승화(sublimation)이다. 승화는 퇴행, 합리화, 투사 등 여타의 방어 기제와 달리 자신의 욕망을

비난하거나 단죄하지 않고, 억압이 아닌 발산을 통해 욕
망을 표출하게 만들기 때문이다. 야수의 사랑을 자기도
모르게 까맣게 잊고 있었다는 것을 깨닫고 미녀는 야수
에게로 달려가 자신의 마음을 모두 털어놓는다. 미녀가
돌아오지 않는 줄 알고 굶어 죽기로 작정한 야수가 고통
에 신음하는 것을 보자 그녀의 심장이 비로소 세차게 뛰
기 시작한다. 이제야 미녀는 자신의 마음속 깊은 곳의 진
실을 깨닫는다. 그녀는 야수에게 애원한다. 제발 죽지 말
라고. 살아서 나의 남편이 되어 달라고. 미녀는 괴물에
게 단지 친절을 베풀었다고 믿었는데, 이제 보니 오래전
부터 괴물을 사랑하고 있었던 것이다. 그 증거는 바로 지
금 느끼는 '고통'이었다. 괴물이 죽어 가는 모습을 바라보
며 느끼는 절절한 고통. 그것이 바로 사랑의 증거였다. 고
통 속에서 미녀는 깨닫는다. 그가 없이는 견딜 수 없다는
것을. 야수가 미녀를 필요로 하는 것처럼, 그녀 또한 그를
필요로 한다는 것을. 야수에 대한 공포의 감정이 사랑의
감정으로 승화된 것이다. 이때 거짓말처럼 사방에서 불
꽃놀이의 폭죽이 터지고, 무서운 야수는 늠름한 왕자의
모습으로 되돌아온다.

　　승화는 자신의 결핍과 상처를 완전히 받아들일 수
있을 때 가능하다. 내가 모자라고, 나쁘고, 상처를 받고,

타인을 아프게 했음을 전적으로 수용하는 것. 완전한 받아들임(radical acceptance)이 가능할 때 비로소 승화가 시작될 수 있다. 미녀와 달리 질투심 많은 언니들이 구원은커녕 처음보다 더 상황이 나빠지는 것도 바로 이러한 받아들임이 이루어지지 않기 때문이다. 언니들은 미녀가 형편이 어려워진 아버지를 돕기 위해 힘들게 집안일을 돕는 것을 보면서도 이런 식으로 험담을 한다. "우리 막내 좀 봐. 그 애는 천한 영혼을 지녔어. 그렇게도 멍청하니까 이 불행한 상황에서도 만족하는 거잖아." 언니들은 아버지의 사업이 번창했을 때는 아버지의 돈으로 유세를 떨더니, 동생이 괴물의 아내로 끌려갈 위기에 처하자 동생의 불행을 기뻐한다.

그런데 불행할 줄 알았던 미녀가 야수의 호화로운 성에서 사랑받으며 살자 이번에는 또 미녀의 행복을 질투한다. 언니들은 질투로 날뛴다. 왜 막내가 우리보다 행복한 건지 이해할 수 없다. 왜 우리는 막내만큼 사랑스럽지 않은 것인가, 그것이 질투에 사로잡힌 언니들의 어리석은 질문이다. 언니들은 미녀의 행복을 빼앗기로 한다. 언니들은 미녀를 꼬드겨서 집에 머물게 한다. 괴물을 괴롭혀서 분노에 떨게 하려고. 분노에 사로잡힌 괴물이 미녀를 잡아먹게 만들려고. 어떻게 친동생에게 이렇게까지 잔인할 수 있을까 싶을 정도로, 언니들은 이토록 사랑스러운 막내를 잡아먹지 못해 안달이다. 자신의 모자람, 자신의 잘못을 한 번도 인정해 보지 않고 점점 퇴행의 방어기제를 사용하는 어리석은 언니들은 마침내 야수의 저주를 받아 성을 지키는 석상으로 둔갑하고 만다.

　이렇듯 어떤 방어 기제는 파괴와 자멸을 초래하고, 어떤 방어 기제는 구원과 기적을 가져온다. 우리가 살아 있는 한 상처는 피할 수 없는 것이다. 부정하고 퇴행하고 합리화하는 것이 당장은 편하고 빠른 해결책처럼 보이지만, 받아들이고 표현하고 승화하는 것이 힘들고 느릴지라도 궁극적인 해결책이 된다. 오랜 금언인 "솔직함이 최선의 전략이다.(Honesty is the best policy.)"라는 문장에서 나는 전략(policy)을 치유(therapy)로 고쳐 보고 싶다. 솔직함은 처세술이나 성공 전략이 아니라 자기 자신을 위한 배려로서 더욱 소중한 치유의 기술이니까. 고백하지 못한 사랑은 영원히 끝나지 않는 것처럼, 표현하지 못한 고통은 영원히 치유되지 않는다.

질투라는 거울에서
벗어나라

그림 형제, 『백설공주와 일곱 난쟁이』

가끔은 내 콤플렉스를 거울처럼 정확히 비춰 주는 꿈을 꾸고 화들짝 놀라 잠에서 깨곤 한다. 얼마 전에는 처음으로 '옷'에 대한 꿈을 꿨다. 꿈속에서 누군가가 나에게 옷을 잔뜩 보내 주었는데, 내 친구 K가 그 옷들이 정말 예쁘다며 칭찬을 해 주었다. 내가 보기엔 그저 집에서나 입을 만한 쭉쭉 늘어나는 홈웨어였는데, K는 그 옷을 당장 외출할 때 입으라는 거였다. 나는 마뜩잖은 기분으로 그 옷을 입으면서 꿈속에서도 뭔가 조종당하는 느낌이었다. 게다가 친구는 옷을 한 겹이 아닌 여러 겹으로 껴입으라면서, 자기도 그렇게 입었다며 자랑스럽게 자신을 좀 보라고 했다. 네다섯 벌의 옷을 아무렇게나 겹겹이 껴입은 친구의 모습은 정말 우스꽝스러웠다. 하지만 꿈속의 나는 친구에게 저항하지 못했다. 나에게 정말 어울리지 않는다고 생각하면서도 꿈속의 나는 친구의 말에 고분고분 따랐다.

잠에서 깨어 곰곰 생각해 보니 나의 콤플렉스를 겹겹이 반영하는 꿈 같았다. 나는 그 꿈이 암시하는 바를 이렇게 정리해 보았다. 첫째, 나는 옷을 잘 못 입는다는 콤플렉스에 시달린다. 나는 내 단조로운 옷차림이 싫으면서도, 늘 똑같은 스타일의 옷들만 산다. 둘째, 나는 K의 말이라면 '정말 아니다.'라고 생각하면서도 껌뻑 죽는 경향이 있다. K의 의견에 반대하면 친구가 화를 낼까 봐 나는 아직도 그녀를 두려워한다. 셋째, 나는 K의 세련된 옷맵시에 대해 부러움과 질투를 느낀다. 내 옷차림이 너무 단조롭고 심심하다며 "밝고 화사하게 입어."라는 잔소리를 자주 했던 그 친구의 손에 이끌려 억지로 옷을 사러 간적도 있었지만, 나는 그 시간이 즐겁지 않았던 것이다. 친구는 진심으로 선의를 베푼 것이지만, 나는 안 그래도 약해 빠진 자존감에 큰 상처를 입었다. 꽁한 데가 있는 나는 그 친구에게 이런 감정을 말한 적이 없다. 무척 부끄러운 일이지만 이렇게 내 은밀한 상처를 기록해 보니 뭔가 후련함이 느껴진다. 허물없이 지내는 소중한 친구에게까지도 이렇게 심한 콤플렉스를 느끼는 것이 바로 인간이라는 존재인가 싶기도 하다.

나는 이런 꿈을 꿀 때마다 내 무의식이 '이제 네가 원하는 대로 살아. 누구의 눈치도 볼 필요 없잖아. 너는 너 자체로 충분히 소중한 존재야.'라고 속삭이는 소리를 듣는다. 자존감이 유난히 약했던 나는 사실 내 마음대로 사는 것이 어떤 느낌인지 거의 알지 못했다. 자존감이 약한 상태에서 자존감이 강한 척 연기까지 하느라 내 소중한 청춘을 다 흘려보낸 것 같다. 게다가 주변 사람들은 하나같이 "넌 네 마음대로 살아서 참 좋겠다."라고 말해 정말 당황스러웠다. 심리학을 공부하면서부터 '내 마음대로 산다는 것' 자체가 일종의 거대한 판타지임을 알게 되었다. 온전히 내 마음대로 산다는 것은 불가능하다. 타인의 시선을 신경 쓰지 않는다 하더라도, 우리는 마음의 변화무쌍한 풍경 자체를 제대로 인식하지 못하기 때문이다. 인간의 마음은 이제 좀 알 것 같다고 생각하면 어느새 또 다른 모습으로 돌변하는 신기루 같다. 하지만 '내 마음의 목소리'에 귀 기울이며 사는 일은 충분히 가능하다.

아무렇게나 구겨 넣은 헌옷들로 꽉 차 곧 터질 것만 같은 낡은 옷장을 어느 날 큰맘 먹고 차곡차곡 정리하는 마음으로, 그렇게 우리는 내면의 옷장을 차근히 정리하는 시간이 필요하다. 『쏟아진 옷장을 정리하며』를 쓴 심리학자 게오르그 피퍼는 자신의 아픔에 '의미'를 부여하는 행동이야말로 치유의 시작이라고 말한다. 이 옷은 '버릴 옷', 이 옷은 '기부할 옷', 이 옷은 '친구에게 줄 옷'……이런 식으로 오래된 옷을 분류하는 것처럼, 우리의 트라우마도 빛깔과 스타일이 다른 옷처럼 각자의 '의미'를 지닌 이름표를 붙여 줄 필요가 있다. 오늘 우리가 함께할 그림 형제의 동화『백설공주와 일곱 난쟁이』에는 '질투심의 위험'이라는 분류용 스티커를 붙여 주어야 할 것 같다. '욕망하는 인간'으로 태어난 이상 완전히 버릴 수는 없지만, 그래도 절반 이상은 처분해야 할 낡은 옷가지들이 바로 이 질투심 계열의 상처들이다. 타인이 나를 공격해서가 아니라 내가 가진 질투심 때문에 스스로 입는 상처의 대명사, 그것이 바로 '백설공주의 계모'인 마녀의 캐릭터다.

어른이 되어 백설공주 이야기를 다시 읽으니, 마녀가 백설공주에 대한 질투 때문에 점점 사악한 인간으로 변해 가는 모습이 더욱 가슴 아프다. 질투라는 감정이 얼마나 처리하기 어려운 감정인지를 어른이 되어서야 더욱 뼈저리게 느끼기 때문이다. 사실 그녀는 마녀가 아니라 왕비였다. 아름다운 왕비에서 사악한 마녀로 타락하기까지 '질투'의 감정은 그녀의 자긍심을 시나브로 좀먹었다. 자신이 세상에서 가장 아름다운 여인이 아니라는 사실을 인정할 수 없는 그녀는 '백설공주를 죽이는 방법'의 강도를 점점 더 높여 간다. 처음에는 사냥꾼을 시켜 백설공주를 대신 죽이게 했지만, 그것이 실패하자 직접 허리띠를 들고 백설공주를 찾아간다. 허리띠를 졸라매어 질식시켜도 일곱 난쟁이들이 백설공주를 살려 내니, 다음에는 '독 빗'을 들고 가서 백설공주의 머리를 빗겨 준다. 그래도 일곱 난쟁이들이 백설공주를 다시 살려 내니, 그녀는 마지막 수단으로 '독이 든 사과'라는 비장의 카드를 꺼낸다. 그동안 마녀의 속임수에 어느 정도 익숙해진 백설공주의 의심을 불식시키기 위해 사과 전체에 독이 퍼져 있는 게 아니라 반쪽에만 독이 든 사과를 들고 간다. 그리고 독이 들어 있지 않은 쪽을 자신이 직접 베어 무는 여유까지 부린다.

질투에 눈이 먼 마녀의 가장 큰 문제점은 절대 누구와도 진심으로 '협력'하지 않는다는 점이다. 그녀는 이 세상에서 오직 마법의 거울만을 믿는다. 다른 모든 사람을 자신의 빛나는 인생의 엑스트라쯤으로 생각한다. 그와 달리 백설공주는 일곱 난쟁이를 통해 '타인과 함께 공생하는 법'을 배운다. 살아남기 위해 일곱 난쟁이들의 집에서 더부살이를 시작했지만, 그들과 함께 살아가는 동안 청소와 요리, 바느질은 물론 '평범한 사람들의 고난에 찬 세상살이'의 눈물겨움을 배웠을 것이다.

반면 마녀는 그토록 많은 사람들을 곁에 두고 있으면서도 누구와도 따스한 연대감을 나누지 못한다. 질투심과 지배욕이 결합되어 그 누구와도 유대감을 느끼지 않는다는 것이 마녀를 불행하게 하는 가장 큰 이유다. 마녀는 자신이 불행한 이유가 백설공주가 자신보다 예쁘기 때문이라고 생각하지만, 그것은 치명적인 착각이다. 행복한 사람들의 공통점은 자신의 결핍에도 불구하고 타인의 존중과 이해 속에서 세상을 향한 진심어린 애정을 느낀다는 점이다. 행복의 뿌리는 연대감이지 소유욕이나 성취감이 아니다. 소유욕과 성취감은 쉽게 빛바래지만, '우리가 함께하기에 삶이 아름다워진다.'라는 믿음은 누구도 빼앗아 갈 수 없는 지속적인 세계관으로 자리 잡는다. 내가 누군가에게 필요한 존재라는 느낌, 타인의 존재로 인해 내 삶이 더욱 풍요로워지는 느낌은 내가 가진 것이 아무리 적어도 빛바래지 않는다.

우리가 백설공주보다 마녀에게 더 연민을 느낀다면, 우리 안의 뿌리 깊은 질투심이 혹시 언젠가는 처벌당하지 않을까 하는 두려움 때문인지도 모른다. 심리학자 아들러가 마녀를 상담했다면 그녀에게 인생의 목표를 수정하는 것이 어떻겠느냐고 조언하지 않았을까? '더 예뻐지는 것, 아니 나보다 더 예쁜 사람을 죽여 버리는 것'이 아니라, '다른 사람으로 인해 행복해지는 법, 나로 인해 다른 사람이 행복해하는 법'을 새로운 인생의 이정표로 삼았다면, 마녀는 '처벌의 대상'이 아니라 '구원의 주체'로 다시 태어나지 않았을까?

어릴 때는 밉기만 했던 백설공주의 마녀가, 이제는 '내 안의 그림자'가 되어 말을 걸기 시작했다. "거울아, 거울아! 이 세상에서 네가 제일 사랑하는 사람은 누구니? 그는 너를 진정으로 사랑하니?" 이런 질문에 소스라치게 놀라, 나는 내 안의 '의심많은 마녀'의 가여운 목소리에 귀기울이기 시작했다. 여전히 더 많이 사랑받고 싶은, 우리 안의 안쓰러운 마녀를 보살피고 싶어진다.

나를 이해하는
단 한 사람을 찾아라

표도르 도스토예프스키, 『죄와 벌』

'고통을 면제받을 권리' 같은 것이 우리 모두에게 주어진 다면 얼마나 좋을까. 나는 갖가지 힘든 상황으로 괴로워 하는 사람들을 볼 때, '고통과 싸워 이길 용기'보다는 차 라리 '고통을 면제받는 환경'을 제공받는 것이 낫지 않을 까 하는 상상에 잠긴다. 말하자면, '아픔을 극복하는 법' 을 천 번 강의하는 것보다 제대로 된 복지 정책 하나를 성 공시키는 것이 낫지 않을까? 그런데 안타깝게도 '사회를 바꾸는 법'은 너무 멀고 때로는 불가능하기까지 하며, 반 면 우리 마음을 바꾸는 것은 그래도 '가능한 일'이고 '희망 적인 일'일 때가 많다. 눈앞에 펼쳐진 거대한 바다를 도저 히 건널 수 없다고 투덜거리며 바닷물이 사라지기를 기 도하는 것보다는, 내가 직접 수영을 배우거나 배를 타는 것이 나은 것처럼. 그런데 신경증 환자의 전형적인 사고방식은 이와 정반대다. '현실만 없으면, 난 정말 아무 문제가 없을 텐데!' '현실이 날 방해하지만 않는다면, 난 완벽할 텐데!' 이런 믿음이 바로 신경증의 핵심적인 딜레마다.

『죄와 벌』의 로쟈(라스콜리니코프)가 바로 그런 주인공이다. 로쟈는 홀어머니와 누이밖에 없는 가난한 집을 떠나 혼자 자취하며 공부를 하고 있는데, 아직 용이 되지 못한 '개천의 이무기'가 낯선 도시에서 홀로 고학(苦學)한다는 것은 쉬운 일이 아니었다. 과외 아르바이트도 끊겨 하숙비를 내지 못해 여주인과 마주치는 것조차 두려워하던 로쟈는 추위와 굶주림에 떨며 우울증과 신경증까지 겹쳐 점점 극단적인 생각에 빠져들게 된다. 이런 상황이 되면 인간은 '희생양'을 찾는다. 내 분노와 내 좌절과 내 증오를 표출할 단 하나의 대상을.

그러던 어느 날 로쟈는 자신이 원하는 만큼 돈을 꾸어 주지 않는 전당포 노파와 맞닥뜨리게 된 것이다. 저 돈만 밝히고 아무도 도와주지 않는, 구두쇠에 피도 눈물도 없는 전당포 노파 이바노브나를 죽여서 그녀의 돈을 얻으면 나는 이 세상을 위해 훨씬 좋은 일을 할 수 있지 않을까? 저렇게 이 세상에 아무런 도움이 되지 않는 사람은 차라리 없어지는 것이 현실을 더 바람직한 방향으로 바꾸는 것이 아닐까? 평범한 사람들은 그저 '귀신은 뭘 하나! 저런 사람 안 잡아 가고!'라며 푸념에 그칠 정도의 상황에서, 신경증에 빠진 엘리트 청년 로쟈는 더 극단적인 선택을 하게 된다. '나'를 바꿀 수 없으니 '현실'을 조작하려 드는 것이다.

하지만 현실은 그리 녹록치 않다. 사람을 죽이기는 커녕 살짝 두들겨 팬 적도 없는 이 연약한 청년이 노파를 죽이러 갔을 때, 그는 공교롭게도 노파의 여동생 리자베타까지 연이어 살해해 버리고, 자기 안에서 튀어나온 그 무서운 악의와 폭력에 놀라 더 큰 정신적 공황 상태에 빠진다. 로쟈는 전당포 노파만 증오했지 리자베타를 미워한 것이 아니었다. 죄책감은 점점 더 깊어져 로쟈는 노파의 돈을 훔치고도 그 돈을 제대로 쓰지 못한 채 끙끙 앓게 된다. 그런 로쟈의 삶을 완전히 변화시킨 것은 바로 그가 도와주고 싶었던 '불쌍한 이웃' 소냐였다.

소냐는 몸을 팔아 식구들을 먹여 살리면서 알코올중독 아버지의 술값까지 대야 하는 최악의 상황에 있다. 소냐는 술에 취해 거리에 쓰러진 아버지를 구해 주고 이후 장례비까지 부담해 준 로쟈를 살아 있는 구세주처럼 여기게 된다. 로쟈는 살인으로 인해 완전히 파괴되어 버린 자신의 영혼이 소냐네 가족을 돌봄으로써 조금씩 치유되는 것을 느낀다. 하지만 A에게 저지른 죄를 B를 도와줌으로써 면제받을 수는 없는 법. 로샤는 점점 깊어만 가는 죄 책감에 괴로워하다가 마침내 소냐에게 자신의 죄를 낱낱이 털어놓는다.

고통을 면제받을 권한을 꿈꾸는 것은 인간의 본성인 가 보다. 좀 더 편안한 방법이 있다는 것을 알게 되면 결 코 이전의 더 불편한 길로 가지 않으려 한다. 산에 오르는 과정은 싫지만 정상에 올랐다는 쾌감은 느끼고 싶다는 심리다. 심리학자 카렌 호나이는 『내가 나를 치유한다』 에서 신경증 환자의 전형적인 심리 상태를 이렇게 표현 한다. "인생은 끔찍해. 현실로 가득 차 있으니까." 그녀가 만난 신경증 환자는 이런 식으로 말을 하며 세상을 저주 하고 자기를 합리화했다고 한다. "세상은 내 마음대로 되 어야 하고, 나는 속을 태우지도 신경을 쓰지도 않아야 해 요." 현실이 나를 가로막는 유일한 장벽처럼 느낄 때, 사 실은 내가 바뀌어야 하는데 나를 바꾸는 것이 너무 어렵 거나 짜증 나거나 억울한 마음이 들 때 사람들은 '나를 위 해 세상이 바뀌어야' 한다고 생각하게 된다. 신경증 환자 는 규칙이나 규율, 구속이나 통제 같은 것에는 몸서리를 치며, 자신은 반드시 '특별한 예외'가 되어야 한다고 믿는 다. 하지만 이런 식의 자기방어는 결코 그의 상황을 나아 지게 하지 못한다. 타인 속에서, 타인과 함께, 타인과 어

우러져 사는 법을 배우지 못하면 신경증은 결코 치유될 수 없다.

도스토옙스키가 '니체의 스승'으로 불리고 전 세계 작가와 독자들에게 끊임없이 영감을 주는 이유는 심리학이 거의 발달되지 않았던 시대에 소설 속에서 이미 심리학의 기본 문제들을 날카롭게 진단했기 때문이기도 하다. 도스토옙스키는 인간이 자아를 제대로 표현하지 못함으로써 끊임없이 왜곡되고 변형되고 오해되는 마음의 실체에 당시 어떤 심리학자나 과학자들보다도 더 깊숙이 들어간 작가이기 때문이다. 그는 정상인의 마음에 깃든 비정상성을 해부해 낼 줄 알았다. 남보다 월등히 뛰어나 보이는 사람의 마음에 숨은, 세상에 대한 깊은 증오와 분노를 읽어 냈던 것이다. 노파를 죽임으로써, 즉 현실을 억지로 조작함으로써 자신의 상황을 타개하려 했던 로쟈는 돌이킬 수 없는 죄를 저지르지만 그 죄악마저 완전히 이해해 주는 한 사람의 타인 소냐를 향한 사랑으로 인해 스스로를 구원할 출구를 찾는다. 로쟈는 모든 죄를 낱낱이 자백한 후 감옥에 갇히지만, 그 어느 때보다도 행복하다고 느낀다. 소냐가 감옥 문지방이 닳도록 매일 찾아와 자신의 이야기를 들어 주고 걱정해 주기 때문이었다.

우리에게는 바로 이런 사랑, 이런 우정, 이런 타인이

필요하다. 또한 상황에 따라 우리 자신이 그런 '소냐'가 되어야 한다. 로쟈는 공부도 잘하고 글도 잘 쓰며 말까지 청산유수인 뛰어난 청년이었지만 무엇이 옳고 그른지, 인생에서 무엇이 중요한지에 대해서는 거리에서 몸을 파는 여인보다도 더 모르고 있었던 것이다. 어떤 심리학 이론이나 최첨단의 신약도 해내지 못하는 '마음의 치유'는 어떻게 가능한가? 바로 나를 진정으로 이해하는 단 한 사람의 타인만이 그것을 해낼 수 있다.

표현하라,
삶에 대한 열정을

토머스 하디, 『테스』

색칠 공부 테라피를 비롯한 각종 미술 치료가 대중의 사랑을 듬뿍 받고 있다. 색칠한다는 것은 마음속의 무언가를 간접적으로 표출하는 행위다. 아름다운 그림을 스스로 완성해 나간다는 기쁨과 자기만의 창조성을 표출한다는 뿌듯함. 그 작은 행복 속에 '어른들의 어린이 되기'라는 순수한 희열이 녹아 있다. 이것이 바로 생활 속의 카타르시스다. 예술적 표현 수단을 통해 꽉 막힌 감정을 풀어 놓는 것이다. 칼 융은 『정신분석이란 무엇인가』에서 "잔류된 감정을 표현 모드로 바꿔 놓는 수단"을 발견해 내는 것이 치료의 시작이라고 말한다. 이때 중요한 것은 몸을 쓰는 행위다. 웃음을 터뜨리든 눈물을 흘리든 춤을 추든 그림을 그리든, 근육이 움직여야만 마음은 짓눌린 상처의 기억을 해방시킬 수 있다. 자신에게 어울리는 표현

수단을 찾아내는 것이야말로 치유의 시작이다. 슬프게도 그런 행운은 누구에게나 자주 찾아오지는 않는다.

특히 거대한 유리 천장에 가로막혀 사회 참여는커녕 인간답게 사는 것 자체가 불가능했던 전통 사회의 여인들에게는 '표현의 수단'을 찾는다는 것 자체가 사치였다. 토머스 하디의 사랑스러운 주인공 테스가 바로 그런 비운의 여인이다. 중학생 시절 『테스』를 읽으며 나는 너무 강한 분노를 느꼈기에 20년 넘게 다시 펼쳐 보지 못했다. 가난한 시골집 맏이로 태어나 무책임한 부모 밑에서 온갖 궂은일을 도맡았던 테스가 끝내 자신의 유일한 탈출구였던 사랑마저 포기해야 했던 이야기를 어린 시절의 나는 도저히 받아들일 수 없었다. 그런데 심리학에서 이야기하는 '내향성'과 '외향성'에 관심을 가지던 도중, 나는 테스가 바로 전형적인 내향성 인격이라는 점을 떠올리게 되었다. 자신의 뛰어난 미모조차도 드러내기를 두려워하는 테스는 이미 스스로 갖고 있는 장점이나 재능조차 제대로 표현하지 못하는 안타까운 주인공이다.

20년 만에 다시 읽는 테스는 내게 새로운 심리학적 화두를 던져 주었다. 내향적인 사람에게는 정말로 카타르시스의 기회가 좀처럼 찾아오지 않는 것일까? 내성적인 사람은 안으로 분노를 삭이는 것밖에는 다른 길이 없는 것일까? 내향성 인격의 가장 큰 문제점은 자신이 무엇을 원하는지 표현하지 못한다는 것이다. 테스는 어린 시절부터 '자기 것'을 가지지 못했다. 모든 것을 동생들에게 양보했고, 알코올중독인 부모를 대신해 동생들을 돌보는 일을 마다하지 않았다. 어여쁜 딸을 좋은 곳으로 시집보내 한몫 챙기려는 이기적인 부모의 희생양이 되는 것조차 감수하려 했다. 그녀가 탐욕스러운 알렉스에게 성폭행을 당한 뒤 원치 않은 임신을 했을 때도 부모는 오히려 그녀를 비난한다. 왜 그 좋은 기회를 놓쳤느냐고. 왜 그 남자를 네 것으로 만들지 못했느냐고. 테스에게는 다정한 부모는 물론 이해심 깊은 친구조차도 없었다. 보수적인 시골 마을 사람들은 미혼모 테스를 돕기는커녕 더욱 고립무원의 상태로 몰아갔다.

테스의 내향성이 최악으로 치달은 순간은 행복이 코앞에 있는데도 자신의 행복을 움켜잡지 못할 때다. 마침내 자신에게 맞는 짝인 에인절 클레어가 나타났을 때, 테스는 그에게 무한한 열정을 느끼면서도 그를 거부한다. 마치 처음부터 자신은 행복할 자격이 없다는 듯이. 그녀는 무언가를 원한다는 사실 자체에 죄책감을 느낀다. 하루 종일 소젖을 짜는 힘든 육체 노동을 견디면서도 타고난 고결함을 숨기지 못하는 테스의 눈부신 영혼을 알아

보는 것은 오직 에인절뿐이었다. 에인절은 테스의 미모와 육체만을 탐하는 다른 남자들과 달랐다. 에인절은 테스가 청혼을 받아들일 때까지 그녀에게 키스조차 하지 않는다. 마침내 그녀가 청혼을 받아들였을 때 그들은 첫 키스를 나눈다. 이것이 그녀가 인생 최초로 느낀 카타르시스였다. 오직 사랑하는 사람에게만 보낼 수 있는 순수한 열정의 키스를 통해 테스는 뜨거운 눈물을 쏟아 내며 다시 태어난다. 에인절은 겉으로는 지극히 내성적으로 보이는 테스가 실은 엄청난 열정을 숨기고 있음을 한눈에 알아본다. 초등학교도 간신히 마쳤지만 문학과 예술에 조예가 깊은 그녀의 눈부신 직관과 빛나는 감수성을 에인절은 간파했던 것이다.

에인절은 내향적인 테스의 내면 깊숙이 잠자고 있는 삶에 대한 열정을 끌어낼 수 있는 사람이었다. 하지만 에인절은 테스의 뼈아픈 그림자까지 사랑하지는 못한다. 테스는 결혼 첫날밤 모든 것을 고백한다. 자신이 성폭행을 당했으며, 아기를 낳았고, 가엾은 아기는 태어난 지 얼마 안 되어 죽고 말았음을. 엄격한 목사 집안에서 자라난 에인절은 자신이 굉장히 진보적인 사람이라 자부하고 있었으나, 첫날밤 신부의 용기 있는 고백을 받아들이지 못한다. 그는 자신이 사랑했던 것은 '순결하고 정숙한 여인'

이었으며 지금 자신에게 모든 것을 고백한 테스는 더 이 상 '사랑했던 그 여인'이 아니라고 단정해 버린다. 그러나 에인절의 무의식은 그런 의식의 단호한 결정을 받아들이지 않는다. 그는 몽유병 환자처럼 의식이 없는 상태에서 잠옷 바람의 테스를 안고 나가 그녀를 이름 모를 관 속에 눕히며 울부짖는다. "나의 신부가 죽었구나, 죽어 버렸어!" "가엾은 나의 테스, 나의 사랑, 이토록 아름답고 착하고 진실한 나의 아내여!"

에인절은 이성적으로는 테스를 거부하지만 무의식 속에서는 여전히 그녀를 사랑하고 있음을 깨닫지 못한다. 테스는 그런 남편이 야속하지만 떠나는 그를 붙잡을 수가 없다. 그녀가 애원만 했다면, 적극적으로 한 번만이라도 나를 버리지 말아 달라고 부탁했다면 에인절은 결국 그녀를 받아들였을지도 모른다. 테스가 스스로 쟁취할 수 있는 최초의 카타르시스는 우선 소박하게 자신의 의지를 표현하는 것이었다. 실패해도 좋다. 중요한 것은 표현한다는 사실 자체다. 노래를 부르고, 글을 쓰고, 수다를 떨고, 춤을 추는 모든 움직임은 결국 카타르시스가 될 수 있다. 하지만 내 곁에 있어 달라는 그 한마디를 토해 내지 못한 테스의 소심함과 에인절의 편협함으로 인해 두 사람은 돌아올 수 없는 강을 건너고 만다. 남편에게 버림받고 집으로 돌아온 테스를 기다리고 있는 것은 전보다 더 비참해진 가족들이다. 테스를 강제로 범했던 알렉스가 그녀의 가장 뼈아픈 콤플렉스였던 '동생들에 대한 연민'을 자극하여 또다시 그녀를 자신의 것으로 만들어 버리자, 테스는 더 이상 남편에 대한 일방적인 순정을 지킬 수 없게 된다. 테스에게는 한번도 성공의 경험이 없었다. 자신의 능력을 인정받을 기회가 없었다. 그녀에게 최초로 찾아온 구원의 열쇠가 바로 에인절 클레어와의 사랑이었다. 테스는 자기 비하와 자격지심의 두터운 베일을 힘겹게 벗어 내고 처음으로 행복할 권리를 찾기 위해 분투했다. 그러나 그토록 사랑했던 에인절은 '내가 그녀의 첫사랑이어야 한다.'라는 구시대적 고정관념을 깨지 못했다.

오늘날 테스처럼 곤경에 빠진 '내성적인 사람들'에게는 어떤 선택지가 있을까? 우리의 교육은 내향성을 부정하고 외향성을 키우는 쪽으로만 발달되어 있다. 내성적인 아이들의 성격을 고쳐야 한다는 강박에 사로잡힌 어른들이 많다. 하지만 내향성은 사색과 관조를 통해 사물과 조용히 관계 맺는 능력이다. 내향성은 나만의 관점을 앞세우기보다는 타인의 이야기를 잘 들어 줌으로써 타인을 위로할 수 있는 힘이기도 하다. 내향성이 인간의 마음 안쪽으로 향하는 성찰의 길이라면, 외향성은 타인의 영혼으로 가닿으려는 표현의 방향성이다. 그 두 가지가 모두 자신의 길을 찾을 때 인간의 심리는 균형을 이룰 수 있는 것이 아닐까? 교사가 되고 싶었던 테스의 꿈을 응원해 줄 단 한 사람이라도 곁에 있었다면, 그녀는 포기하지 않고 자신의 내향성을 긍정적인 쪽으로 이끌어 나갈 수 있지 않았을까?

『테스』를 다시 읽으며, 나는 한 번도 제 꿈을 맘껏 펼치지 못하고 떠난 테스를 향해 뒤늦은 응원을 보내고 싶다. 테스, 너는 더 많이 사랑받을 자격이 있단다. 너는 눈부시게 날아오를 힘이 있단다. 그러니 기죽지마, 내 안의 여리고 내성적이고 예민한 나의 테스야, 이제 너의 꿈을 마음껏 펼쳐 보렴.

정상인의 광기,
상식적인 세상을 뒤흔들다

아서 밀러, 『시련』

겉으로는 멀쩡해 보이는 사람이 엄청난 악행을 저지를 때, 사람들은 이해할 수 없다는 반응을 보인다. 그런 일을 저지를 사람이 아니라는 것이다. 하지만 정말 온갖 범죄와 악행을 저지르고도 남을 사람이 따로 있는 것은 아니다. 오히려 우리가 일상생활에서 더욱 조심해야 할 것은 '정상인의 은밀한 광기'다. 정신분석학자 멜라니 클라인은 말한다. 정상적인 사람도 어느 정도 정신병적 기질을 갖고 있다고. 그 영향은 행동이나 성격으로 드러나는데, 우리가 저 사람은 '히스테리컬'하다거나 또는 '조울증 기질'이 있다는 식으로 표현할 때 어느 정도는 정상인 속에 내재하는 광기를 가리키는 셈이다.

그런데 정상인의 광기는 '건강한 상식'과 '합리적인 이성'으로 통제 가능하다. 문제는 이런 정상인의 광기가 집단화될 때, 바로 히틀러의 파시즘이나 중세의 마녀 사냥 같은 잔혹한 형태로 나타나게 된다는 점이다. 즉 파시즘이나 대학살은 몇몇 광기 어린 지배자의 일탈 행동이 아니라 그 광기에 적극적으로 또는 암묵적으로 동조하는 수많은 '정상적인 대중'을 통해 발현된다.

인기 작가 아서 밀러는 바로 이런 정상적인 사람들의 마음속에 내재한 은밀한 광기에 주목했다. 그가 원래 암묵적으로 겨냥했던 것은 1950년대 미국 사회의 매카시즘이었다. 당시 미국의 극우 정치인들이 반대파들을 숙청하기 위한 근거로 '공산주의자다!'라는 낙인을 악랄하게 활용하고 있을 때, 아서 밀러는 매카시즘에 예술가들의 자유가 박탈당하는 것을 경계했다. 『어느 세일즈맨의 죽음』으로 엄청난 성공을 거둔 아서 밀러 자신도 이 작품이 '마르크시스트의 선전물'이라는 어처구니없는 매카시즘적인 비평에 시달리고 있었다. 이처럼 미국 사회에 집단화된 매카시즘의 광기를 1692년 매사추세츠 세일럼에서 일어났던 마녀 사냥에 빗대 우회적으로 비판하고 있는 작품이 바로 『시련』이다.

17세기 말, 매사추세츠주 세일럼에 부임한 패리스 목사의 조카 애비게일은 유부남 존 프록터를 향한 사랑으로 괴로워한다. 두 사람은 비밀스러운 만남을 일시적

으로 가졌지만, 존은 아내 엘리자베스에 대한 사랑과 가
정을 지키고 싶은 마음으로 애비게일을 멀리하고, 애비
게일은 엘리자베스를 향한 질투심으로 괴로워한다. 그러
던 어느 날 패리스 목사는 동네 소녀들이 한밤중에 모여
광란의 춤을 추며 밀교적 분위기의 비밀 의식을 벌이는
장면을 목격하게 되고 이로써 조용했던 세일럼에 본격적
인 마녀 재판이 시작된다.

　　패리스 목사는 자신의 종교적 신념과 권위를 이용하
여 마을 전체를 마녀 사냥의 분위기로 몰아가기 시작한
다. '마녀'로 지목된 사람은 실제로 사형을 당하는 이 잔
혹함 속에서, 사람들은 살아남기 위해 양심을 저버리고
거짓 증언까지 하기 시작한다. 엄격한 청교도적 분위기
가 지배하던 17세기 말의 세일럼에서 소녀들이 벌인 한
밤중의 일탈은 심각한 사건이었고, 목사가 계속 협박하
고 추궁하자 이 소녀들의 리더였던 애비게일은 악마의
영혼이 시켰다는 거짓 자백을 하고 만다.

　　바로 이 위험한 추궁과 거짓 자백으로 인해 사건은
일파만파로 번지게 되고, 사람들은 자신의 권한이나 이
익이 충돌하는 사람들을 '악마의 시녀'나 '사탄의 영혼'으
로 지목하기 시작한다. 평소에 원한을 산 사람, 질투를 받
던 사람들이 모두 마녀 사냥의 희생 제물로 바쳐질 위험

에 놓인 것이다. 존 프록터에 대한 사랑과 그의 아내 엘리자베스에 대한 질투로 괴로워하던 애비게일은 마침내 엘리자베스를 '마녀'로 지목한다. 사람들은 이런 식으로 평소의 원한이나 증오를 불쏘시개 삼아 마녀 사냥이라는 광기의 도가니에 몸을 던져 자신들의 잘못된 사리사욕을 채우기에 이른다. 종교의 이름으로 권력을 휘두르는 목사와 재판관들의 그릇된 권위 의식, 사적인 감정에 사로잡혀 그 분위기를 이용하려 한 사람들의 집단적 광기 탓에 정작 희생당한 건 '상식과 양심을 지키는 사람들'이었다. 무려 열아홉 명의 죄 없는 사람들이 '악마의 영혼'으로 지목되어 사형에 처해진다. 마녀 또는 악마로 지목된 이들은 마을에서 가장 힘없는 사람들이었고, '다른 사람을 악마의 영혼으로 지목하지 않은 죄'로 자신이 그 죄 아닌 죄를 뒤집어쓴다.

주인공 존 프록터는 여기서 피할 수 없는 생사의 기로에 선다. 자신이 '살아남는 길'을 택한다면 아내가 악마라는 거짓 증언을 해야 하고, 꾸밈없이 진실을 말한다면 '죽더라도 양심을 지키는 길'을 걸을 수 있다. 마침내 존은 죽는 한이 있어도 양심의 길을 따르기로 결정한다. 존은 아내 엘리자베스를 살리기 위해 자신이 애비게일과 불륜을 벌인 사실까지 고백하여 애비게일의 거짓 증언을 밝혀 내려 하지만, 그는 결국 아내도 살리지 못하고 자신 또한 처형을 당하고 만다.

『시련』은 사악한 집단에 맞선 윤리적 개인의 투쟁을 그린다. 마녀 사냥이라는 광기에 휩쓸려 무엇이 옳고 그른지에 대한 최소한의 판단력마저 잃어버린 마을 사람들의 틈바구니 속에서 주인공은 어떻게든 양심과 상식, 그리고 이성적 판단을 유지하려고 몸부림친다. 무사히 살아남기 위해서는 바로 그 집단의 광기를 받아들이고 인정해야만 한다. 그래야 '이상한 사람'으로 낙인찍히지 않으니까.

하지만 존은 끝내 목숨을 걸고 양심을 지켰고, 그럼으로써 '인간의 길'을 지켜 낼 수 있었다. 굳이 히틀러와 나치즘의 사례까지 갈 필요도 없다. 자기와 생각이 다르다는 이유로 빨갱이나 공산주의자라고 몰아세우며 선거 때마다 색깔론을 들먹이는 사람들이야말로 일견 정상적인 사람들의 극우적 광기를 보여 준다. 아서 밀러는 '공산주의자 친구들'을 밝히라는 매카시즘의 광기 속에서도 친구들의 이름을 발설하지 않았다. 당시 영화감독으로 엄청난 명성을 누리던 엘리아 카잔은 1930년대 공산당 활동을 했던 친구 여덟 명의 이름을 발설함으로써 일신의 안위를 지켰고, 한때 그의 절친한 벗이었던 아서 밀러는 친구의 배신에 커다란 충격을 받았다.

찰리 채플린마저도 매카시즘의 광풍에 밀려나 스위스로 쫓기듯 떠나야 했던 그 시절. 성공하기 위해, 살아남기 위해 친구가 친구를 밀고하던 그 시절, 당시 마릴린 먼로는 아서 밀러의 실제 연인이었다. 마릴린 먼로는 아서 밀러의 편에 서면 자신까지 위험해질 수 있는 상황에서도 굴하지 않고 아서의 재판 비용까지 대며 그의 양심을 옹호했다. 『시련』의 존 프록터처럼 작가 아서 밀러는 끝까지 양심을 지켰고, '다른 이를 악마로 지목함으로써 더 무서운 악마가 되는 길'을 택하지 않았다.

평소에는 '이성'의 힘으로 통제되고 은폐되는 은밀한 광기가, 어떤 강력한 외적인 계기를 만나면 폭발할 수 있는 것이다. 우리 마음속에 잠자는 원시적이고 비이성적인 광기가 폭발하지 않도록 지성의 힘과 이성의 통제력을 잃지 않는 것이 중요하다. 예술과 지식의 힘은 바로 이런 집단적 광기가 폭발할 때 더욱 절실해진다. 일상의 광기, 정상인의 광기는 아주 은밀한 형태로 공기처럼 우리의 곁을 떠돌고 있다. 정권에 비판적인 문화 예술인들을 색출하여 비밀스럽게 때로는 공공연하게 차별해 온 '문화계의 블랙리스트'가 화제로 떠오른 일이 그리 오래되지 않았다. 바로 그런 '일상의 광기', '정상적으로 보이는 사람들의 광기'가 무고한 예술가의 자유를 침해하고 있다는 사실을 더욱 뼈저리게 느낀다. 때로는 멋진 영웅이 되는 것보다 '악마가 되지 않는 것'이 훨씬 어려울 때가 있다. 어떤 마녀 사냥의 광풍이 불어 닥친다 할지라도, 부디 우리를 지켜 주는 것은 양심과 정의, 나아가 지성과 예술의 힘이 되기를. 우리가 아주 잠시라도 이성과 양심을 놓아 버린다면, 자유로운 예술가의 열정을 '블랙리스트'로 가로막는 정치의 광기는 다시 부활할 것이다.

3부

블루밍
Blooming

더 나은 나를 이끌어 내는
타인의 존재

프랭크 바움, 『오즈의 마법사』

옛날 독일의 한 마을에는 부부가 결혼해서 알콩달콩 잘 살 수 있을지 여부를 시험하는 마을 공동체의 통과 의례가 있었다. 곧 부부가 될 남녀에게 나무 자르기 미션을 던져 주는 것이다. 정말 심하게 안 드는 무딘 칼을 하나 주고는 서로 호흡을 맞춰 나무를 잘라 내는 과정을 모두가 지켜보았다. 예비 신랑 신부는 서로 토닥이면서, 때로는 신경질도 부리면서, 가슴 밑바닥의 성깔이 드러날 수밖에 없는 지난한 과정을 거쳐 마침내 나무 한 그루를 잘라 낸다. 엄청나게 잘 드는 칼로 혼자 마음대로 나무를 자를 수 있다면 얼마나 좋을까? 하지만 인생이 어디 그런가. 옛사람들은 알고 있었던 것이다. 걸핏하면 변수가 출몰하는 인생에서 가장 소중한 것은 개인의 능력이 아니라 파트너와의 협력이라는 것을. 커플이 영차영차 나무를 자르는 과정을 지켜보며 마을 사람들은 부부의 궁합을 점쳤을 테고, 남녀는 '나는 내 짝에 대해 얼마나 알고 있을까?' 하는 질문을 던졌을 것이다. 로맨틱한 감정이나 상대방의 스펙이 아니라 '어려운 상황에서 얼마나 힘을 잘 합치는가?'로 미래의 궁합을 점친 옛사람들의 지혜가 놀랍다.

심리학자 알프레드 아들러는 정신분석의 가장 중요한 과제 중 하나로 '협력'을 들었다. 개인으로서의 인간은 한없이 약하지만, 공동체의 보살핌과 협력 안에서 인간은 무한한 잠재력을 끌어낼 수 있다고 본 것이다. 아들러는 인간의 가장 큰 심리적 과제를 열등감의 극복이라고 본다. 열등감뿐 아니라 우월감도 일종의 콤플렉스다. 만성화된 우월감은 본인이 '질병'임을 인식하지 못하기에 더욱 심각한 정신적 문제를 야기한다. 언제나 자신이 '갑'이라 생각하는 사람들은 남들뿐 아니라 자신에게도 엄청난 해악을 끼친다. 우월감과 열등감이 둘 다 위험한 이유는 결정적인 상황에서 타인과의 협력을 불가능하게 만들기 때문이다. '나 때문에 안 될 거야.'라고 생각하는 열등감 콤플렉스와 '나만 있으면 만사형통이야.'라는 우월감 콤플렉스는 둘 다 인생살이의 무한한 상대성을 이해하지 못하기 때문에 나오는 인식의 오류다. 그런 의미에서 '어

떤 급박한 상황에서도 타인과 끝내 협력할 수 있는 인간'
이야말로 심리적으로 가장 강력한 에너지를 가진 사람이
아닐까? 나는 『오즈의 마법사』의 스토리텔링에 담긴 마
력이 바로 이 '위기 속의 협력'에 있다고 본다. 『오즈의 마
법사』는 모두가 치명적인 결점을 가지고 있지만 그 결점
을 열등감의 구렁텅이에 빠뜨리지 않고 '우정'이라는 이
름의 가장 아름다운 연대감으로 극복하는 이야기다.

회오리바람을 타고 낯선 세계에 떨어진 고아 소녀
도로시, 밀짚으로 만들어져 두뇌가 없는 허수아비, 심장
이 없는 양철 나무꾼, 동물의 제왕이지만 용기가 없는 사
자. 네 친구는 저마다 커다란 콤플렉스를 앓고 있지만, 서
로에 대한 믿음과 사랑으로 점점 더 멋진 자기 인생의 주
인공으로 거듭난다. 네 친구가 각자 '오즈의 마법사'에게
소원을 빌기 위해 함께 길을 떠나지 않았다면, 평생 '나는
뇌가 없으니까.' '나는 심장이 없으니까.' '나는 용기가 없
으니까.'라고 투덜거리며 콤플렉스 덩어리로 살지 않았
을까?

도로시는 언뜻 콤플렉스가 없어 보이지만 그녀의 고
향 캔자스가 바로 콤플렉스의 진원지다. 도로시의 유일
한 소원은 캔자스로 돌아가는 것이지만, 정작 캔자스 자
체가 인생의 목적이 될 수 없다는 것은 모른다. "다른 나

라가 아무리 아름다워도, 피와 살로 만들어진 우리 인간
은 다른 고장이 아닌 고향에서 살고 싶단다. 고향보다 더
좋은 곳은 없으니까." 도로시의 확신은 사실 무지에서 나
온다. 그녀는 고향의 중요성을 앵무새처럼 반복하지만
정작 자신이 무엇을 할 수 있는지, 어떤 삶을 원하는지에
대한 비전이 없다. 도로시는 착하지만 꿈이 없는 소녀다.
고향밖에 모르고 일상 외에 아는 게 없는 도로시의 삶에
는 '외부'가 없다. 내 삶 바깥에는 무엇이 있는지, 왜 나는
타인의 삶에 관심이 없는지에 대한 사유 자체가 결핍된
것이다. 도로시가 사자와 양철 나무꾼과 허수아비를 만나
지 않았다면 지극히 편협한 어른이 되었을지도 모른다.

도로시는 '착한 아이'의 전형이다. '어른들이 칭찬하
는 아이', '맏며느릿감', '나무랄 데 없는 애'라는 말에는 칭
찬만 담겨 있는 것은 아니다. 정해진 매트릭스 안에서만
살아가는 아이라는 뜻이기도 하다. 일탈이나 모험 같은
건 생각도 못 하는아이라는 뉘앙스가 숨어 있다. 도로시
는 '우리 동네'라는 살균된 온실 안의 관계와 구조에 만족
하는 아이였던 것이다. 이렇게 착해만 보이는 도로시가
제대로 성깔을 드러내는 장면이 있다. 애지중지하는 강
아지 토토를 위협하는 사자에게 달려들어 "이렇게 약한
동물을 너처럼 커다란 사자가 건드리다니!"하고 호통치

는 장면이다. 사랑하는 존재를 위해서는 커다란 사자에 대한 두려움마저 자신도 모르게 극복하는 멋진 소녀. 도로시는 그렇게 뜻밖의 타자를 만남으로써 자기 안의 잠재력을 꺼내 속 시원히 표현할 수 있었던 것이다.

네 친구가 만난 가장 큰 장애물은, 산전수전 끝에 '오즈의 마법사'를 마침내 만났지만 곧장 마법의 지팡이라도 휘두를 줄 알았던 그가 그들의 소원을 들어주지 않는 순간이다. 그들의 모든 콤플렉스를 단칼에 해결해 줄 줄로만 알았던 오즈의 마법사가 "서쪽 마녀를 죽여 주면 너희의 소원을 들어주겠다."라고 엄포를 놓자 네 친구는 공포에 질린다. 하지만 겁에 질린 그들의 반응은 하나같이 "네가 함께한다면 나도 어떻게든 갈게."이다. 마녀를 죽이기도 정말 싫고 죽일 힘은 더더욱 없지만, 소중한 친구가 간다면 어디든 나도 함께 가겠다는 것. 그것은 설사 미션에 성공하지 못할지라도 '우리가 함께한다는 것' 자체에 삶의 의미가 있음을 그들의 무의식이 깨달았기 때문에 내린 결정이 아니었을까? 개개인은 나약하고 보잘것없지만 위기에 처했을 때 서로를 필사적으로 구하려는 마음, '우리가 함께했기에 지금까지 무사히 잘 해낼 수 있었어.' 라는 믿음이 그들을 구원한다.

절박한 공존의 필요성 속에서 그들은 자신도 모르게

점점 강인해진다. 사실 허수아비는 뇌가 없어도 모두가 위기에 처할 때마다 절묘한 '신의 한 수'를 생각해 내고, 양철 나무꾼은 심장이 없어도 혹시나 자신이 약한 동물들을 밟아 죽이지나 않을까 노심초사하며 걸핏하면 눈물을 흘리며, 사자는 용기가 없다고 주장하지만 괴물을 만났을 때 가장 먼저 달려가 목숨을 걸고 싸운다. 내게 소중한 사람들이 나를 뜨거운 관심으로 지켜보고 있다는 사실 때문에 그들은 강해졌던 것이다. 마법사가 뚝딱 마술을 부려 소원이 이루어진 것이 아니라, 그들이 함께 견뎌 낸 시간 속에서 같은 고난을 겪어 내고 서로의 결핍을 응원한 덕분에 콤플렉스를 극복한 것이다.

부족함이 많아도 즐겁게 사는 사람이 있는가 하면, 겉으로 보기엔 멀쩡한데 속병에 찌들어 있는 사람이 있다. 즉, 우리 인간의 진짜 문제는 절대적인 부족함이 아니라 상대적인 자의식이다. 자의식은 '나는 이러이러한 사람이다.'라는 스스로의 판단이다. '나는 뇌가 없으니까 머리가 나쁠 거야, 그러니까 쓸모없는 존재야'.라고 판단하는, 그 자의식이라는 괴물과 혼자 싸우려면 얼마나 외롭고 힘들겠는가.『오즈의 마법사』는 함께 어려움을 극복함으로써 자신도 모르게 눈부시게 성장하는 순수한 영혼의 오디세이다. 중요한 건 뛰어난 두뇌가 아니라 제대로 생

각하는 힘이다. 중요한 건 심장 자체가 아니라 남의 아픔을 보며 내게 벌어진 일처럼 슬퍼할 수 있는 감수성이다. 뇌가 없지만 점점 뛰어난 묘안을 짜내는 허수아비를 보며 사자는 이렇게 칭찬한다. "그렇게 멋진 아이디어를 생각해 내는데, 누가 너더러 뇌가 없다고 하겠니?" 오즈의 진정한 비밀은 화려한 마법이 아니라 우리 모두가 언제든 실천할 수 있는 뜨거운 우정과 눈부신 협력이었던 것이다.

다시 열일곱 살이 된다면,
그녀처럼

루이자 메리 올컷, 『작은 아씨들』

페미니즘의 고전으로 알려진『작은 아씨들』에 영감을 받은 작가는 수없이 많다. 그중에서도『제2의 성』을 쓴 시몬 드 보부아르는 이렇게 말했다. "나는『작은 아씨들』의 조와 나 자신을 동일시했다. 나는 그녀를 더욱 완벽하게 흉내 내기 위해서 단편을 쓰기 시작했다."

주인공들은 어려운 상황 속에서도 씩씩하고 당당한 여성으로서, 더 나은 삶을 꿈꾸는 인간으로서, 그리고 '누군가의 아내'가 아닌 한 사회의 어엿한 구성원으로서 완전한 독립을 꿈꾸는 눈물겨운 투쟁을 펼친다. 1868~1869년에 걸쳐 집필된 이 작품은 '여성의 자유와 인권'이라는 개념이 완전히 정착되기도 전에 여성의 진정한 행복을 찾아 내면의 모험을 떠나기 시작한 네 자매의 흥미진진한 이야기다. 아직은 '실용'보다 '이상'이 대접받을 수 있었던 시절,『작은 아씨들』에는 어려운 현실에도 불구하고 진취적인 삶을 포기하지 않는 엄마와 딸이 역사상 가장 매력적인 페미니스트로 등장한다.

"선물도 없는데 크리스마스는 무슨 크리스마스야."
조가 깔개 위에 누워서 구시렁댔다.
"가난한 건 정말 싫어!"
메그는 자신의 낡은 드레스를 내려다보며 한숨을 푹 내쉬었다.
"누구는 예쁜 것들을 잔뜩 받는데 누구는 아무것도 못 받고. 이건 불공평해."
막내 에이미도 속상한 듯 투덜댔다.
"그래도 우리에겐 아버지와 어머니, 그리고 우리 자매들이 있잖아."
베스가 구석에서 만족스러운 목소리로 말했다.
난로의 불빛에 드러난 네 자매의 얼굴은 기운을 북돋는 베스의 말에 잠깐이나마 밝아졌다.

—『작은 아씨들』에서

이 소설의 첫 장면은 네 자매의 성격이 단번에 드러나는 명장면이다. 조는 돌려 말할 줄 모른다. 화끈하고 솔직하다. 선물도 없는 크리스마스는 도저히 크리스마스처럼 느껴지지 않는다는 둘째 딸 조의 고백은 이 집안의 가난함을 한눈에 보여 준다. 걱정 많고 책임감도 강한 첫째 딸 메그는 가난에 이골이 난 듯이 중얼거린다. 메그는 한창 예쁘게 꾸미고 싶은 나이에 항상 낡은 옷을 입고 부모님을 돕고, 동생들도 챙겨야 하니, 가난은 이 속 깊은 첫째 딸에게 너무도 큰 슬픔으로 다가온다.

넷째 딸 에이미는 한층 선명하고 구체적으로 자신의 감정을 드러낼 줄 안다. "누구는 예쁜 것들을 잔뜩 받는데 누구는 아무것도 못 받고. 이건 불공평해." 에이미는 남들과 자신을 비교하고 자주 상처받는다. 허영심도 많고 질투심도 많지만, 세련되게 자기 마음을 포장할 줄 모르는, 더없이 천진난만하고 사랑스러운 아이다. 셋째 딸 베스는 하늘의 천사가 땅 위에 실제로 강림한 듯 더없이 착하고 순수하다. 베스는 한번도 투덜거린 적이 없다. 네 딸 중 가장 병약하지만, 역경을 이겨 내는 마음의 전투력은 가장 강한 아이다. 베스는 모두가 '우울한 크리스마스'를 향해 한마디씩 구슬프게 투덜거릴 때, 이렇게 말한다. "우리에게는 아버지와 어머니, 또 우리 자매들이 있잖아." 이건 전혀 가식이 아니며, 베스에게는 한 톨의 티끌도 없다. '사람이 어쩌면 이토록 순수할 수 있을까?' 하는 생각이

들 정도로 티 없이 맑은 영혼을 지닌 소녀다.

메그, 조, 베스, 에이미, 네 자매가 겪는 시련의 뿌리는 전쟁으로 인한 아버지의 부재다. 이 집의 실질적 가장은 씩씩하고 강인한 어머니다. 어머니는 가난 속에서도 아이들이 절대로 기죽지 않도록 늘 용기를 심어 주고, 딸들이 '누군가의 아내'로 살아가는 것이 아니라 '독립된 인간'으로 살아가도록 꿈과 희망을 불어넣어 준다. 그리하여 '가난' 하면 흔히 떠오르는 침울한 분위기는 이 소설에서 전혀 찾아볼 수 없다.

오히려 이들은 가난 속에서도 '보이지 않는 길'을 찾아낸다. 어머니와 딸들이 힘을 합쳐 역경을 이겨 내는 장면은 읽는 이에게 '왜 나는 그때 이런 용기를 내지 못했을까?' 하는 뼈아픈 후회의 감정을 불러일으킨다. 마치 집안은 항상 크고 작은 사건으로 떠들썩하지만, 그때마다 조의 재치와 용기, 메그의 침착함과 인내심이 빛을 발한다. 베스는 자신도 몸이 약하면서 더 가난하고 더 아픈 다른 사람들을 돕다가 병에 걸리고, 에이미는 그림에 대한 재능을 살려 아무도 모르는 사이에 꿈을 이뤄 내기도 한다.

그중에서도 둘째 딸 조가 가족을 향해 던지는 말들은 너무도 따스하면서도 용감무쌍하다. 메그가 숨길 수 없는 가난 때문에 서글픈 기색을 보이자 조는 이렇게 말한다. "불쌍한 언니! 기다려 봐. 내가 돈 많이 벌면 언니에게 마차며 아이스크림, 굽 높은 구두, 꽃다발을 한가득 안겨 줄 테니까." 조는 아버지가 없는 집안에서 자신이 아버지보다 더 든든하고 씩씩한 존재가 되어 자매들과 엄마를 지켜 주려고 한다. 조는 자신에게 주어진 모든 여성적 역할을 거부하고 인간으로서 남성들과 똑같이 세상 밖으로 나아가길 간절히 원한다. 조는 마침내 작가가 되고, 글쓰기의 길을 통해 자신이 원하는 꿈을 천천히 이뤄 나간다.

그들은 가난 속에서도 아버지를 원망하지 않고 오히려 정신적 지주가 돼 주는 아버지를 존경하고 더없이 사랑한다. 또한 그들은 가난하다고 해서 모든 아름다운 것들, 행복한 삶을 포기하는 것이 아니라 '돈으로 살 수 없는 것들'을 따스한 정성과 놀라운 솜씨로 직접 만들고 꾸미고 가꿈으로써 가정을 행복한 공동체로 만들어 간다. 작가는 '남이 이미 만들어 놓은 것을 돈을 주고 사는 것'보다 '본인이 원하는 것을 직접 손으로 만드는 세계'의 중요성을 강조한다. 돈을 통한 소비가 아니라 정성과 솜씨를 다하는 창조의 세계를 강조하는 것이다. 『작은 아씨들』은 돈으로는 결코 살 수 없는 행복, 오직 사람의 힘과 사랑의 온기로만 이루어 낼 수 있는 것들에 대해 이야기하는 아름다운 소설이다.

로리가 메그의 결혼 준비 과정을 지켜보면서 '다음 차례는 조'라고 말하자 조는 질색한다. 조는 연애에 전혀 관심이 없다. 아무도 자신을 좋아하지 않을 거라고 믿는다. 절대로 그 누구와도 결혼하지 않겠다며 단호한 태도를 보이는 조에게 로리는 수줍게 마음을 표현한다. "조, 너는 아무에게도 기회를 주지 않잖아." 눈치 없는 조는 로리의 설렘을 알아채지 못한다. 로리는 얼굴이 발그스름해져서 조에게 간접적으로 사랑을 표현하지만, 조는 여전히 눈치가 없다. 이런 '선머슴 같은' 모습조차 사랑스러운 것이 조의 매력이지만.

조의 어린 시절 꿈은 '남자처럼 성공하고, 남자처럼 전쟁에 나가서 싸우고, 남자처럼 한번 거침없이 살아 보는 것'이었다. "내가 긴 드레스를 입고 국화꽃처럼 새침이나 떠는 '마치 양'으로 자란다는 건 생각만 해도 끔찍해. 남자들처럼 놀고 일하고 행동하고 싶은데 여자로 사는 게 얼마나 어려운 줄 알아? 난 내가 남자가 아닌 게 속상해 죽겠어. 요즘은 더 그래. 당장 전쟁터로 달려가 아버지랑 같이 싸우고 싶다니까. 이렇게 집에 앉아서 굼뜬 할망구처럼 뜨개질이나 해야 한다니, 원."

미국 페미니즘의 대모라고 불리는 작가 루이자 메이 올컷의 자전적 이야기로 알려진 『작은 아씨들』은 단

순히 네 자매의 요절복통 성장담이 아니다. 올컷의 부모는 헨리 데이비드 소로를 비롯한 다양한 사상가들이 심취했던 '초절주의(Transcendentalism)'라는 급진적 사회운동의 흐름에 참여하고 있었다. 루이자 메이 올컷의 아버지 아모스 브론슨 올컷은 이상적인 공동체 프루틀랜즈(Fruitlands)를 설립하기도 했고, 랠프 월도 에머슨, 헨리 데이비드 소로 등과 절친한 사이였다. 하지만 아버지의 이상주의적 공동체 운동은 가장으로서 책임을 다하는 것과는 양립할 수 없었고, 올컷 가의 살림은 외가의 도움과 어머니의 노동으로 힘겹게 꾸려졌다. 루이자 메이 올컷의 어머니 에바는 프랑스어와 라틴어 등 외국어에 능통했고 역사학과 식물학에도 통달한 지식인이었으며, 여성 불평등에 대한 강한 자의식을 가지고 있었을 뿐 아니라 노예 제도의 폐지에도 적극 관심을 보인 사람이었다.

내게『작은 아씨들』이 커다란 감동으로 다가오는 이유는 이들이 추구하는 행복이 내가 꿈꾸는 세상과 매우 닮았다는 사실을 나이가 들어 뒤늦게 깨달았기 때문이다. 남성 중심 사회에서 원하는 세계를 향해 한 발 한 발 다가가는 여성들의 모습이 아름답고 따스하게 그려져 있다. 물론 아쉬운 점도 있다. 착하기만 한 큰딸 메그가 좀 더 늦게 결혼했더라면 가진 재능을 마음껏 발휘했을 텐

데 하는 아쉬움. 어린 소녀인데도 자신보다 더 어렵고 아
픈 사람을 돕다가 병에 걸린 베스가 좀 더 오래 살았더라
면 하는 아쉬움도 크다. 하지만 그 안타까움에도 불구하
고『작은 아씨들』은 시간이 지날수록 더욱 소중한 페미니
즘의 고전으로 거듭날 것 같다. 위노나 라이더 주연의 영
화「작은 아씨들」에서 조는 이렇게 고백한다. "전쟁으로
등잔 기름이 귀한 시기였지만, 그 어두운 시절에 우리 마
치 가족은 우리들만의 불빛을 만들어 갔다." 조의 끊임없
는 글쓰기, 고독 속에서도 자신의 길을 포기하지 않는 용
감한 글쓰기가 바로 '자기 안의 빛'을 찾는 과정이었으며,
전쟁의 포화 속에서도 '우리들만의 불빛'을 만들어나가는
힘이 되어 주었다.

　　요새 '감정 노동'이라는 말을 자주 쓰는 현대인의 언
어 습관에는 필요 이상으로 공격적이고 폭력적인 언어
들이 숨어 있다. 비폭력적인 대화, 타인의 마음에 상처와
충격을 주지 않는 대화를 나누는 기술은 무엇일까? 나는
『작은 아씨들』을 다시 읽으며 타인에게 상처를 주지 않는
대화가 얼마나 아름다운지를 실감했다. 주인공 메그, 조,
베스, 에이미 자매의 이웃으로 등장하는 로리네 가족은
명문가이자 엄청난 부를 소유하고 있지만 로리는 늘 우
울하고 외로웠다. 마치네처럼 늘 사랑과 대화가 넘치는

집이 아니었던 것이다. 로리는 오히려 가난한 마치네 아이들을 부러워한다. 그 집에는 그칠 줄 모르는 수다와 따스한 배려, 서로를 향한 무한한 애정이 살아 숨쉰다. 베스는 자매들 중에서도 가장 말 없는 소녀였다. 말수가 적을 뿐 아니라 겁이 많아서 로렌스 씨가 "어험" 하고 인기척을 낸 것만으로도 공포에 질려 다시는 로리네 집에 가지 않으려 한다. 그런데 로리네 집엔 베스가 감탄해 마지않는 아름다운 그랜드 피아노가 있었다. 베스는 그 피아노를 한 번만이라도 연주해 보고 싶었지만, 로렌스 할아버지가 너무 무서워 그 집에 아예 발을 들여놓지 않는다.

　로렌스 할아버지는 자신을 두려워하는 베스의 마음을 달래 주기 위해 묘안을 짜낸다. 마치 베스에게 전혀 관심 없는 것처럼 딴청을 부리면서 베스의 어머니와 대화를 나눈 것이다. 로렌스 씨는 베스의 어머니에게 유명 가수를 직접 본 이야기, 아름다운 오르간 소리를 들은 일을 이야기하며, 베스가 엿듣고 있다는 것을 알면서도 짐짓 모른 척한다. 베스의 흥미를 유도해서 자신에 대한 두려움을 호기심으로 바꾸어 놓은 것이다. 베스는 마치 무언가에 홀린 듯 차츰차츰 로렌스 씨 뒤쪽으로 다가와서 그의 의자 뒤에서 걸음을 멈춘다. 부끄러움에 뺨을 붉히면서도 로렌스 씨의 이야기에 혼을 빼앗긴다. 로렌스 씨는 베스에게는 조금도 관심을 주지 않은 채 베스의 어머니에게 이렇게 말한다.

"이제 손자 녀석이 음악은 뒷전이라 다행이지 뭡니까. 그동안 음악에 너무 빠져 있었거든요. 다만 그 바람에 피아노가 놀게 생겼네요. 댁의 따님들 중에 아무나 때때로 건너와서 연주도 하고 연습도 하면서 음정을 바르게 맞춰 주면 좋겠는데, 어떠신지요, 부인?"

"누구를 만나거나 말을 할 필요도 없고, 언제든 와서 치면 됩니다."

로렌스 씨는 베스가 얼마나 예민하고 내성적인 아이인지 알아채고, 베스의 마음을 있는 그대로 인정해 주고 보호해 준 것이다. 그 아이의 마음이 다치지 않도록, 그 아이가 가장 원하는 것을 두려움 없이 얻을 수 있도록 배려해 준 것이다. 베스가 자신의 말을 뻔히 듣고 있다는 걸 알면서도 짐짓 모르는 척, 어머니만 바라보며 말하는 센스도 잊지 않는다. 베스는 로렌스 씨의 친절과 배려에 깊은 감동을 받은 나머지 수줍음조차 잊고 피아노를 연주하러 꼭 가겠다는 의사를 표현한다. 베스의 가족들과 이웃들은 베스의 내성적인 성격을 향해 그 어떤 비난도 질책도 하지 않는다. 베스가 남들보다 좀 더 천천히 마음을 표현할 수 있도록 한없이 기다려 주고, 아무리 숨기려 해도 숨길 수 없는 그녀의 재능과 아름다운 마음씨를 헤아려 준다. 그 사람이 어떤 상처도 받지 않도록, 그에 대한 그 어떤 판단도 조건도 유보하는 것. 그가 언젠가 마음을 표현할수록 조용히 길을 열어 주는 것. 조건 없는 사랑은 두려움을 이겨 내고, 차분한 기다림은 어떤 마음의 장벽도 밀어낼 수 있다. 타인에게 상처를 주지 않는 비폭력 대화란 바로 이런 것이다.

어렸을 적에는 그저 조 마치처럼 씩씩하고 거침없이 살아가고 싶다는 막연한 동경을 품었지만, 지금은 조 마치처럼 살아가는 것이 얼마나 어려운 일인지, 얼마나 소중한 일인지를 비로소 알 것 같다. 내가 『작은 아씨들』로부터 배우는 페미니즘은 남녀 평등을 기계적으로 주장하는 것이 아니다. 내가 아는 페미니스트는 여성성을 아무런 편견 없이 있는 그대로 받아들이고 사랑하는 사람, 남성이든 여성이든 여성성의 아름다움을 더 나은 세상을 위해 쓸 줄 아는 사람이다.

이런 천방지축 조의 어디로 튈지 모르는 야생의 열정을 긍정적인 방향으로 이끄는 것은 어머니의 조언이었다. 나는 정말 나쁜 사람이 될지도 모르겠다고, 세상에 실망할 때마다 남들을 무차별적으로 공격해 버리고 싶다고 고백하는 조를 달래며 어머니는 "나도 한때 그랬단다."라고 고백한다. 현모양처를 꿈꾸는 메그, 작가를 꿈꾸는 조, 음악에 재능이 있는 베스, 그림을 잘 그리는 에이미를 키우며 남편의 이상주의를 존중하고, 온갖 노동에 시달리면서도 자선사업에까지 열정적인 어머니. 그녀는 딸들이 '노동'을 통해서는 독립심과 자긍심을 키우고, '놀이'를 통해서는 예술과 문화를 향한 사랑을 키우기를 기대한다. 그녀는 개성 넘치는 네 딸이 각자 일과 놀이가 조화를 이루는 일상, 하루하루를 보람차고 즐겁게 보내며 시간의 소중함을 이해하는 삶, 가난하더라도 아름다운 인생을 살기를 바란다.

소설 속에서 조 마치가 인생의 진정한 롤모델로 생각하는 것은 어머니인데, 그녀가 어머니를 존경하는 이유는 단지 완벽한 현모양처이기 때문이 아니라 '끊임없이 도전하는 여성의 아름다움'을 가르쳐 준 최고의 멘토이기 때문이다. 미국 역사에서 가장 매력적인 시기는 바로 헨리 데이비드 소로, 랠프 월도 에머슨, 너대니얼 호손, 그리고 루이자 메이 올컷에 이르기까지 강력한 이상주의가 문화적 힘을 발휘하던 19세기가 아닐까. '잘 먹고 잘사는 기회의 땅 미국'이 아니라 '지금까지의 역사를 뛰어넘는 새로운 세상'에 대한 이상향의 열정이 살아 있었던 시대. 실용과 현실을 강조하는 프래그머티즘에 자리를 내주기 전까지, 현실 세계의 유한성을 극복하고 물질에 대한 정신의 우위를 강조한 초절주의는 미국 문화예술계를 강력하게 이끌어 가고 있었다. 초절주의의 이상향이 현실을 강조하는 프래그머티즘에 자리를 내준 것이 바로 미국의 역사를 바꾼 결정적인 장면이기도 하다.

아버지의 이상주의적 성향으로 인해 경제적으로는 궁핍했지만, 지적으로는 최고로 풍요로웠던 콩코드에서 어린 시절을 보낸 올컷은 자신의 많은 작품을 어머니에게 헌정했다. 실제로 『주홍 글자』의 작가 너대니얼 호손이 바로 옆집에서 살았고, 열정적인 페미니스트였던 마거릿 풀러가 올컷의 아버지가 운영한 템플 학교의 조교로 일하기도 했다. 올컷은 어머니의 헌신적인 지원 속에서 바너드라는 필명으로 십 대 시절부터 스릴러물을 써서 원고료를 받기도 했다.

소녀들에게는 여성으로 살아간다는 것이 분명 축복일 수 있다는 진실을, 소년들에게는 여성의 꿈과 자유를 존중해야만 하는 이유를 가르쳐 줄 책. 그리고 어른들에게는 어린 시절의 소중한 꿈이 어른이 되어서도 꺾이지 않은 채로 살아가는 삶이 얼마나 소중한지를 가르쳐 줄 수 있는 책. 처음으로 '내가 여자라서 정말 행복하다.' 하고 느끼게 한 소설이 바로 『작은 아씨들』이다.

나와 상관없는
존재를 향한 사랑

루시 모드 몽고메리, 『빨간 머리 앤』

"주근깨 빼빼 마른 빨간 머리 앤"으로 시작하는 애니메이션 주제가를 기억하는지? 이 유명한 애니메이션의 원작 소설 『빨간 머리 앤』은 캐나다의 작가 루시 모드 몽고메리의 1908년 작품 『그린 게이블즈의 앤(초록색 지붕 집의 앤)』이다. 작가 루시 몽고메리는 두 살 때 어머니를 폐결핵으로 잃고 아버지는 재혼을 하여 조부모님 슬하에서 외롭게 자랐다. 하지만 캐나다 프린스에드워드섬의 아름다운 자연과 조부모님의 사랑, 그리고 정겨움이 넘치는 이웃들의 사랑으로 인해 풍부한 감수성을 키울 수 있었다. 아직도 프린스에드워드섬에는 빨간 머리 앤의 실제 배경이 된 '초록색 지붕 집(그린 게이블즈 하우스)', 그리고 루시 몽고메리의 생가가 전 세계 수많은 관광객들을 끌어모으고 있다.

『빨간 머리 앤』은 놀랍게도 루시 몽고메리의 첫 작품이다. 작가가 쓴 스물두 편의 소설 중에서 무려 열 편이 바로 이 고아 소녀 앤 셜리를 주인공으로 한 이야기다. 이 세상 어디에도 의지할 곳이 없었던 고아 소녀 앤은 마릴라와 매슈의 사랑을 듬뿍 받고 자라나, 길버트와 결혼하여 여섯 아이들의 어머니가 된다. 애니메이션뿐 아니라 영화, 드라마, 뮤지컬로도 만들어져 전 세계에서 사랑받는 『빨간 머리 앤』은 출간 당시에는 혹평을 받았다. 소녀적인 감상이 지나치다는 이유였다. 하지만 루시 몽고메리는 굴하지 않고 끊임없이 작품을 발표했고, 『빨간 머리 앤』은 계속 속편을 내 달라는 독자들의 열화와 같은 성원에 힘입어 열 편에 이르는 시리즈로 확장된다.

평생 독신으로 살아온 남매 매슈와 마릴라는 농장 일을 도와 줄 남자아이를 찾고 있었지만 실수로 여자아이가 초록색 지붕 집으로 오면서 이야기는 시작된다. 마릴라는 앤을 고아원으로 돌려보내려고 한다. "저 애가 우리에게 무슨 도움이 되겠어요?" 하지만 매슈는 뜻밖에도 이렇게 말한다. "우리가 저 애에게 도움이 되어 줄 수 있겠지." 마릴라는 깜짝 놀라지만 매슈의 마음을 돌리기 어렵다는 것을 알게 된다. 도대체 마릴라와 매슈는 주근깨 투성이 빼빼 마른 빨간 머리 고아 소녀 앤의 어떤 점에 반했던 것일까.

　고아 소녀 앤 셜리의 성장 소설로만 알고 있던 『빨간 머리 앤』이 최근에는 '이방인을 받아들이는 원주민의 태도'라는 차원에서 새롭게 보였다. 앤의 입장이 아니라 마릴라와 매슈의 입장에서 『빨간 머리 앤』을 읽으면 이 아름다운 이야기의 또 다른 풍경이 펼쳐진다. 마릴라와 매슈는 앤이 오기까지는 타인의 삶에는 별다른 관심이 없었다. 마릴라의 이웃 린드 부인은 앤의 초라한 겉모습만 보고 온갖 비난을 늘어놓는다. 사내아이를 일꾼으로 데려오려 했던 마릴라와 매슈는 차마 고아 소녀 앤의 그렁그렁한 눈동자를 외면하지 못한다. 그들은 낯설고 불편한 존재 앤을 통해, 낯선 존재를 두려움 없이 사랑하는 법을 배운 것이 아닐까.

　마릴라와 매슈는 앤으로부터 '낯선 대상'에서 최고의 아름다움을 발견하는 힘을 배운다. 앤은 모든 사물을 자기만의 방식으로 해석하고 '자신만의 이름'을 붙인다. 그저 익숙한 풍경이었던 초록색 지붕 집 주변의 자연은 앤으로 인해 저마다 빛나는 이름을 가지게 되고 세상에 하나뿐인 장소가 된다. 초록색 지붕 집을 가꾼 것은 마릴라지만 그 집에 진정한 아름다움을 부여한 것은 고아 소녀 앤이었던 것이다. 마릴라와 매슈는 변화의 두려움이 없는 대신 한없이 권태로웠던 자신들의 삶이 얼마나 황폐했는지를 깨닫는다. 아무도 사랑하지 않으리라 결심한 사람들처럼 한일자로 굳게 다문 입술에 오랫동안 참았던 미소가 번지기 시작한다.

소풍도 처음, 아이스크림도 처음, 돌아올 집이 있다는 기쁨도 처음, 이 모든 게 처음이라며 그때마다 감사의 키스를 해 대는 앤의 애정 공세에 마릴라는 정신을 잃고 사랑에 빠진다. 앤을 침착한 아이로 바꾸려는 훈육은 전혀 먹히지 않는다. 마릴라는 비로소 깨닫는다. 앤을 얌전한 모범생으로 훈련시키는 것은 한줄기 얕은 시냇물 위에서 춤추는 햇빛을 훈련시키는 것과 마찬가지임을. 아무리 엄격한 벌을 내려도 어느새 그 창피한 '굴욕의 시간'마저 '놀이의 시간'으로 바꾸어 버리는 앤. 앤은 이렇게 말한다. "지금 제가 집으로 가고 있다는 느낌, 그리고 저기가 집이구나 하는 느낌이 이렇게 좋은 거네요. 어느새 저는 초록 지붕 집을 사랑하게 되었어요. 지금껏 어떤 집도 사랑한 적이 없었답니다. 하나같이 집다운 집으로 여겨지지 않더라고요. 마릴라 아주머니, 지금 저는 얼마나 행복한지 몰라요." 앤에게 가족이 되어 줄 수 있다는 것, 그런 앤에게 언제나 그리운 사람이 될 수 있다는 것 자체가 매슈와 마릴라에겐 더할 나위 없는 축복이다.

따스한 인간관계를 만들어 가는 사람들의 공통된 특징은 뭘까. 그들은 사소한 일상적 이야기, 즉 스몰토크의 힘을 알고 있다. 아이가 학교에서 돌아왔을 때 오늘은 무슨 일이 있었는지 아주 시시콜콜한 이야기까지도 꼭 들어 주는 부모들, 배우자와 일상적인 대화를 할 때 상대방의 기분과 건강 상태까지 자신도 모르게 자연스럽게 체크하는 사람들, 밥은 먹었는지, 잠은 잘 잤는지, 오늘 날씨가 어땠는지 같은 아주 일상적인 대화의 소중함을 아는 사람들의 인간관계는 매너리즘에 빠지지 않는다.

『빨간 머리 앤』은 행복한 인간관계를 만들어 가는 스몰토크의 힘을 증언한다. 평생 독신으로 살아온 마릴라는 처음에 앤의 끝도 없는 수다를 견디기 힘들어한다. 조용하던 집안이 갑자기 엄청나게 시끄러워졌으니까. 하지만 앤의 어디로 튈지 모르는 끝없는 스몰토크를 들어 주며 마릴라는 앤과 '함께하지 못한 시간'의 안타까움을 느끼게 된다. 호수에서 배를 탄 적도 없고, 아이스크림의 맛도 상상만 해 봤다는 아이. 아무리 상상해도 아이스크림의 향기만은 묘사할 수 없는 앤. 마릴라는 이렇게 외롭고 곤궁한 삶을 살아온 앤에게 안쓰러움을 느끼고, 처음에는 연민으로 시작되었던 이 감정은 깊은 사랑과 헌신의 열정으로 변모한다.

"어떤 일이 뜻대로 이루어지지 않을 수도 있지요. 하지만 아무도 그 일을 기다리는 즐거움을 막을 수는 없어요. 린드 아주머니는 '기대하는 게 없는 사람은 실망할 일도 없기 때문에 복 받은 사람'이라고 말씀하세요. 하지만 저는 아무것도 기대하지 않는 것보다는 기대했다가 실망하는 게 더 낫다고 생각해요."

—『빨간 머리 앤』에서

앤은 쓸데없는 수다를 떠는 것처럼 보이지만 사실은 인생의 아주 소중한 가치에 대해 매일 눈뜨는 중이다. 린드 부인처럼 아무것도 바라지 않는 사람은 실망할 일이 없겠지만, 아무것도 바라지 않는 삶은 희망도 기대도 없는 삶이다. 실망할지라도 기대를 멈추지 않는 것, 현실에 상처받을지라도 꿈꾸는 일을 멈추지 않는 것. 앤은 바로 그런 희망과 상상, 기대와 창조를 멈추지 않을 권리를 일깨워 준다. 무뚝뚝한 마릴라는 앤과의 끝없는 스몰토크를 통해 점점 부드럽고 따스하고 풍요로워진다.

스몰토크는 이렇듯 '작은 주제'를 가지고 이야기하는 것이지만 결코 그 힘은 작지 않다. 때로는 상대방의 숨겨진 진심을 이해하는 척도가 되며, 먼 훗날 그 사람을 더 이상 만날 수 없을 때 가장 그리운 건 바로 그와 나눈 사소한 대화일 수 있다. 스몰토크는 아주 소소한 일상의 대화지만 알고 보면 우리 삶의 커다란 힘이자 든든한 지원군이다.

오래전에 읽었던 책을 다시 읽어 보면 '이 책에 이런 구절이 있었어?' 하고 감탄하는 일이 있다. 『빨간 머리 앤』도 그렇다. 앤과 함께 울고 웃었던 어린 시절과 달리, 이제는 마릴라의 시선에서 앤과 세상을 바라보게 된다. 평생 독신으로 살아오며 그저 오빠 매슈와 농장을 지키는 일에만 몰두했던 마릴라. 그는 앤에게 날마다 밥을 해 주고, 옷을 지어 입히고, 학교를 보내고, 학교에서 놀림받고 돌아와 펑펑 우는 앤을 달래 주며, 앤의 억울함을 풀어 주기 위해 온 동네를 돌아다니며 사과와 변호와 증언을 일삼게 된다.

마릴라는 조금이라도 밝은 장소에서는 결코 앤을 마음껏 바라보지 못한다. 다정한 언어와 제스처로 사랑을 표현하는 법을 배우지 못했기 때문이다. 마릴라는 사실 앤을 너무 깊이 사랑하게 될까 봐 두려워하고 있었다. 마릴라는 자기가 앤을 좋아하는 것처럼 '인간을 지나치게 사랑하는 것'은 죄악이라 믿었던 것이다. 앤이 어느새 마릴라보다 키가 훌쩍 컸다는 사실을 알아챈 날, 마릴라는 저녁 어스름 속에서 깊은 슬픔을 느끼며 홀로 흐느낀다.

나의 사랑과 보살핌이 필요한 존재, '나의 아이', '내 소속의 책임'이었던 앤은 사라져버리고 어느덧 '타인에게 필요한 존재', '이 세상을 향해, 세상 밖으로 내보내야 할 존재'가 되었음을 느낀 것이다.

죽은 예수를 무릎에 눕히고 처연하게 바라보는 마리아를 그린 「피에타」가 감동적인 이유는 오직 '마리아의 아들'이기만 했던 예수를 이 세상의 아들로, 이 세상 모든 '남들'의 아들로 내어주는 순간의 고통스런 기적을, 더는 거부하지 않고 받아들이는 마리아의 용기가 그려져 있기 때문이 아닐까. 내 것이 아닌 것을 내 것으로 받아들이는 용기만큼이나 한때 내 것이라 믿었던 것을 '남들의 것'으로 내놓는 용기야말로 누군가를 사랑할 때 진정으로 필요한 것이 아닐까. 주근깨 빼빼 마른 빨간 머리 앤이, 어딜 가든 천덕꾸러기였고 군식구 취급을 받으며 유리창에 비친 자신의 이미지가 유일한 친구였던 앤이 한 남매의 딸을 넘어 우리 모두의 영원한 딸이자 자매가 되었듯이 말이다.

앤을 만나지 않았더라면 결코 초록색 지붕 집 바깥의 세계에 관심을 주지 않았을 마릴라가, 세상을 향해 굳게 닫힌 마음의 빗장을 열고 한 발 한 발 '내가 결코 살지 못했던 세계'를 향해 나아갈 때마다 가슴이 시렸다. 마릴라가 어느 날 난롯불 아래서 책을 읽다가 몽상에 잠긴 앤을 다정하게 바라보며 자기 안의 '다정함'에 흠칫 놀라 혼자 생각하는 장면을 나는 여러 번 다시 읽었다.

마릴라는 애당초 솔직한 표정이나 말을 통해 스스럼없이 애정을 드러내는 법을 익히는 일이 불가능한 사람이었다. 하지만 그처럼 늘 속마음을 감추고 살기에, 한층 깊고 강한 애정으로 잿빛 눈동자를 지닌 이 가냘픈 아이를 사랑하는 법을 알게 되었다. 마릴라는 자신이 앤을 사랑하기 때문에 앤의 결점에 대해 지나치게 관대해질까 봐 걱정되었다. 그리고 자신이 앤에게 그러듯이, 세속의 인간에게 지나치게 마음을 쏟는 건 죄악이 아닐까 하는 생각에 마음이 불편했다.

—『빨간 머리 앤』에서

대낮의 햇빛에서 다정한 눈빛을 보내면 혹시나 앤이 자신의 사랑 그득한 마음을 눈치챌까 봐 두려운 마릴라. 장작이 타오르는 어스름한 불빛 아래서 마치 소중한 보물을 자기만 훔쳐보듯이, 그렇게 아무도 모르게 앤을 따스한 눈빛으로 바라보는 마릴라의 비밀스러운 사랑을 이제 나는 이해한다. 너무 격렬하게 마음을 주는 것은 왠지

죄처럼 느껴졌기에, 그런 사랑은 마치 신의 영역인 듯 불경스럽게 느끼는 마릴라의 깊은 사랑을 이젠 이해할 수 있을 것만 같다.

『빨간 머리 앤』은 아무도 거들떠보지 않았던 외로운 고아 소녀 앤의 성장 소설이기도 하지만, 어느 순간 마음의 문을 닫아 버려 누구에게도 사랑을 주려 하지 않았던 무뚝뚝한 마릴라의 성장 소설이기도 하다. 앤이 자신의 키를 훌쩍 넘어 커 버린 것을 발견하는 순간, 이 아이가 어딘가로 멀리 떠날 것 같은 불안을 느끼는 마릴라의 마음을 이제 이해할 것 같다. 사랑을 너무 늦게 배운 마릴라의 뒤늦은 열정이 못내 가슴 아프다. 하지만 아무리 늦어도, 끝내 사랑을 배우고 실천한 마릴라의 눈부신 깨달음이 아름답다. 마릴라가 앤을 사랑하듯, 앤이 마릴라를 사랑하듯, 우리도 그렇게 서로를 눈부시게 사랑할 수 있다면.

기억은 당신의
적이 아니다

로이스 로리, 『기억 전달자』

어린 시절 '차별과 차이'에 대한 아픈 기억이 있다. 우리 나라 나이로 열일곱 살이던, 고등학생이 되던 해였다. 어린 시절부터 마포에 살았던 나는 강남 아이들은 이렇다 더라, 저렇다더라 하는 이야기를 듣기만 했지 실제로 강남 친구를 사귀어 본 적이 없었다. 엄마에게 등 떠밀려 억지로 외국어고등학교에 입학하고서, 나는 입학하자마자 기가 죽었다. 태어나서 그렇게 풀이 죽어 보긴 처음이었다. 처음으로 강남 아이들을 실제로 만나게 되었기 때문이다. 우리 집보다 부자임에 분명하고, 옷차림도 뭔가 멋스럽고 세련되며, 부모님이 승용차로 매일 학교에 데려다주는 그런 아이들.

또한 학교에는 강남 아이들만 타는 스쿨버스도 있었다. 난 학교가 집에서 가까우니 그냥 일반 시내버스를 타면 되었다. 나에게는 스쿨버스가 필요 없었지만, 이상하게도 스쿨버스를 타는 아이들이 괜스레 부러웠다. 날씨가 춥거나 더울 때, 버스가 잘 오지 않는 날에는 더더욱. 야간 자율학습이 끝나고 밤 11시가 다 되어 들어오는 딸의 귀갓길이 걱정되어 매일 버스정류장에 나를 마중 나오는 엄마가 안쓰러워 보이는 날에는 더더욱.

'우리집이 부자가 아니다.'라는 감각을 그때 처음으로 제대로 느꼈던 것 같다. 아무도 날 괴롭히지 않았는데, 나는 괴로웠다. 세상이 둘로 쪼개져 있다는 생각, '강남에 사는 아이들'과 '그렇지 않은 아이들'로 나뉘어 있다는 생각을 하게 된 것만으로도 내 머릿속에 지진이 날 것만 같았다. 그런 날카로운 구분은 늦게 알수록 좋다. 아이들로 하여금 그런 안타까운 차별 의식을 심어 주지 않는, 평등한 세상이라면 더더욱 좋다.

어느 날 야간 자율학습이 끝나고 그날따라 책가방을 늦게 챙긴 나는 다른 아이들보다 조금 늦게 학교를 나섰다. 교문 쪽으로 걸어가는데, 영어 선생님이 갑자기 친절한 미소를 지으며 나에게 말을 걸었다.

"여울이구나, 오늘은 늦게 나가네. 스쿨버스 타기엔 늦지 않았니?"

"아니요. 스쿨버스는 원래 안 타요."

"그래? 그럼 엄마가 데리러 오셨니?"

내가 다른 아이들보다 조금 늦게 나가니, 엄마가 차를 가지고 데리러 온 것이로구나 짐작하셨나 보다. 하지만 우리 엄마는 학교에 날 데리러 오신 적이 없는데. 그럴 필요도 없고, 엄마가 따로 운전하는 승용차도 없었다. 갑자기 뭔가 서러운 감정이 밀려왔다. 왜 우리가 그냥 일반 버스로 통학할 수도 있다는 생각을 안 하시는 걸까. 일반 버스로 통학하는 아이들도 꽤 많았는데. 선생님의 머릿속에는 '스쿨버스 타는 아이들'과 '부모님이 픽업하러 오는 아이들'밖에는 없는 것일까.

외국어고등학교에 다니던 그 암울한 청소년 시기는 뭐라 이름 붙일 수 없는 묘한 차별과 명문대에 가야 한다는 압박으로 얼룩진 괴로운 시간이었다. 중간고사나 기말고사 시험을 보면 전교 30등 안에 드는 아이들의 이름이 떡하니 게시판에 붙어 있었다. 그 리스트 안에 들어간 사람도 들어가지 못한 사람도 불행했다. 30등 안에 들어도, 다음 시험에서는 어떻게 될지 모르니까. 30등 안에 들지 못하면, 그 안에 들어가야 한다는 강박 때문에. 매일매일 살얼음판이었다. 아이들에게 이런 '차별'과 '차이'를 교육하는 것이 과연 옳은 것일까.

그럼 세상 모든 차별과 차이가 없어져 버린다면 어

떨까? 그것은 진정한 유토피아가 아닐까. 피부색의 차별도 없어지고, 남녀의 차별도 없어지고, 머리색의 차이도 사라지고, 뛰어난 존재에 대한 질투심도 사라지며, 심지어 온 세상이 흑백으로 뒤덮여 버리는 세계. 로이스 로리의 『기억 전달자』는 그런 세상을 정말로 그려 낸다.

주인공 조너스는 가장 친한 친구의 머리색도 알지 못한다. 유전자 조작을 통해 그들의 눈에는 실제로 세상 전체가 흑백으로 보이기 때문이다. 남자와 여자의 사랑으로 태어난 아이들은 없어진다, 적어도 겉으로는. 국가가 관리하거나 통제하지 못하는 모든 감정들은 엄격하게 통제되기에, 통제되지 않는 감정에 빠져 사회를 교란하는 사람들은 '임무 해제'된다. 모두가 섬세한 유전자 조합의 기술로 '제조'된 아이들이다. 가족이 존재하긴 하지만, 진정으로 친밀한 공동체라기보다는 아이들을 키우는 일종의 양육 기관으로서 의미가 있다.

아이들이 열두 살이 되면 인생의 모든 것이 국가의 힘으로 정해진다. 열두 살이 되는 순간 거대한 집합소에 모여 '미래의 직업'을 정해 주는 집단적 의식이 거행된다. 그때 정교하게 분석된 데이터를 통해 이 사람이 무엇에 쓰일 사람인지 결정 당하고, 아무도 그 결정에 이의를 제기하지 않는다. 그런 세상에 살면 정말 행복할까. 차별과 차이가 일상이 되어 버린 고등학교 생활도 행복하지 않았지만, 차별과 차이가 완전히 사라져 버린 오직 통제만이 존재하는 이런 세상도 행복하지는 않을 것 같다.

조너스는 열두 살이 되는 순간 이 마을에서 딱 한 명만 선정되는 자리 즉 '기억 보유자(the Receiver)'의 역할을 배정받게 된다. 기억 보유자는 매우 특수한 자리다. 이 공동체에서는 누구도 거짓말을 해서는 안 되지만, 기억 보유자만은 필요에 따라 거짓말을 할 권리를 지닌다. 그에게는 모든 생계의 압박이 면제되며, 그는 오직 기존의 '기억 전달자(the Giver)'로부터 인류의 잃어버린 기억을 전달받는 역할만을 잘 해내면 된다.

그렇게 전수받은 인류의 기억은, 공동체가 위기에 빠질 때를 대비한 것이다. 기억 전달자는 일종의 살아 있는 타임캡슐이었던 것이다. 오직 기억 보유자만이 이 완벽하게 통제되는 세계 이전의 '원시적인' 시대에 대한 기억을 보유할 수 있다. 색깔도 음악도 예술도 사랑도 전쟁도 갈등도 특별함도 열등함도 몰랐던 조너스는 과거의 기억 전달자로부터 그 모든 인류의 유산을 전달받으며 미칠 듯한 괴로움에 사로잡힌다. 인류가 이토록 복잡하고, 고통스럽고, 무시무시하게 창조적인가 하면 끔찍하게 사악한 존재였다니. 조너스는 전쟁과 살육의 기억을 전달받고 고통스러워하며, 문화와 예술의 아름다움을 배우면서 처음으로 풋풋한 첫사랑의 감정도 어렴풋이 느끼게 된다.

배우자를 결정할 때도 당국의 심사를 통해 적절한 사람을 낙점받고, 직업은 물론 사는 곳까지 늘 통제 당하며, 마을 사람들은 스피커를 통하여 거의 24시간 내내 지시를 받고 감시를 당한다. 세 번 이상 명령을 따르지 않고 문제를 일으키면 '임무 해제'를 당하여 사라져 버린다. 그러나 사람들은 '임무 해제'가 무엇인지 정확히 알지 못한다. 그저 눈앞에서 사라져 다른 곳에 격리되는 것이라고 짐작하지만, 임무 해제가 된 사람을 다시 볼 수 없다는 것만은 분명하다.

이 공동체의 이상은 '늘 같은 상태(Sameness)'를 유지하는 것이다. 이 얼마나 끔찍한가. 차별이나 갈등을 방지하기 위해 '차이' 자체를 사라지게 만드는 획일적인 세상은 얼마나 무서운 감시와 통제 속에서 유지되는 것인지.

모험이 없어 위험도 없는 세상은 과연 편안하고 즐거운 삶일까. 마을 사람들은 그렇다고 생각하지만, 조너스는 점점 이 조작된 세계의 기이한 불평등을 이해하게 된다. 이 마을을 이런 모습으로 만든 사람들은 인류에 대한 통제의 기술을 알고 있지만, 그런 시스템 안에 갇혀 있는 대부분의 사람들은 일방적으로 통제를 당하기만 할 뿐이기 때문이다. 폭력도 없고 가난도 없고 편견도 불의도 없지만, 이상하게도 소름끼치고 부자연스러우며 어떤 자유도 없는 세계. 심지어 밤에 꾸는 꿈을 검열 당하고, 머릿속에서 남몰래 하는 온갖 잡생각까지도 검열 당하는 사회. 이를 결코 진정한 유토피아라고 할 수는 없지 않겠는가.

조너스는 결국 충격적인 사실을 알게 된다. '임무 해제'는 단순한 격리가 아니라 '사형'이라는 것을. 조너스는 엄청난 충격에 사로잡힌다. 조너스의 가족에게 입양된 갓난아기 가브리엘이 너무 많이 울어 댄다는 이유로 임무 해제 명령을 받았기 때문이다. 심지어 조너스의 아버지가 그 임무 해제 결정을 촉구하기까지 했다. 아이가 울어서 일을 할 수 없다는 어른들, 아이가 이렇게 심하게 우는 것은 '정상'이 아니라는 어른들, 우는 아이를 달래는 방법을 전혀 모르는 어른들, 우는 아이와 어떻게든 함께 살아가게 만드는 것은 결국 '사랑'이라는 사실을 전혀 모르는 어른들. 그런 어른들 속에서 오직 조너스만이 '이 아이를 살려야 한다.'라는 생각을 한다. 임무 해제의 진정한 의미를 제대로 알고 있는 것도 조너스뿐이었기 때문이다.

태어난 지 몇 개월 되지 않은 갓난아기를 너무 많이

운다는 이유로 사형시키려 하는 '윗분들'의 결정에 도저히 동의할 수 없는 조너스는 마침내 아기를 데리고 도망치기로 결정한다. 감시와 통제가 없는 대신, 아무도 자신을 보호하지 않는 야생의 세계 속으로 모험을 떠나는 것이다. 태어나서 처음으로, 그 누구도 체험해 본 적 없는 세계로 발걸음을 옮기는 조너스에게는 과연 어떤 일이 생길까.

갈등 없는 평온은 때론 죽음과 같은 권태일 수도 있다. 갈등은 때론 우리를 힘들게 하지만, 갈등이 있기에 조화와 화해를 향해 나아가려는 인간의 노력이 빛을 발한다. 그러나 조너스가 사는 이 가상의 미래 세계에서는 갈등은커녕 '차이' 자체가 사라진다. 장애를 안고 태어난 아기들은 태어나자마자 임무 해제를 당해 어디론가 사라진다. 사람들은 어딘가 다른 곳으로 가는 것이라 믿지만, 실은 이 가상의 미래 세계에서 장애를 가진 아기들은 살해당하는 것이다. 심지어 쌍둥이 중에서 몸무게가 적게 나가는 아이 또한 임무 해제 당한다. 노인들도 병이 들거나 기력이 쇠하면 기념식을 치른 뒤 임무 해제 당한다. 오직 건강하게, 효율적으로, 경제 활동을 할 수 있는 인구만이 살아남는다.

이런 모습은 오늘날의 현실과도 일맥상통한다. 이 소

설은 장애인에 대한 차별, 노인들에 대한 차별, 형제자매끼리도 능력에 따라 차별 당하는 사회의 참혹한 알레고리인 것이다. SF 소설은 가상의 미래를 보여 주지만 현실의 알레고리이기도 하다. 디스토피아적인 미래를 통해 '이미, 지금 비극을 품어 안고 있는 현실'을 비추어 주는 거대한 거울이 되는 것. 그것이 SF 소설의 예언적 이미지다.

기억 전달자와 기억 보유자의 관계는 일방적인 줌(give)과 받음(receive)의 관계다. 즉 기억 전달자는 기억을 주기만 할 수 있고, 한번 자신의 기억을 기억 보유자에게 선물하면 자신에게는 그 능력이 없어지게 된다. 그럼에도 기억 전달자는 기억 보유자 조너스에게 자신의 모든 것을 다 주려고 한다. 조너스가 가장 놀란 것은 '색깔'이라는 것의 아름다움이었다. 자신이 풋풋한 설렘을 느끼기 시작한 친구 피오나의 머리카락이 붉은색으로 빛난다는 것을 알게 되는 순간. 아직 색깔을 보는 능력을 완전히 되찾지 못해 그 붉은색은 잠깐씩만 나타났다 사라지고, 조너스는 이토록 아름다운 빨간색을 다른 사람들은 볼 수 없다는 사실에 경악한다.

조너스는 지혜에는 별 관심이 없었다. 조너스를 매료시킨 것은 바로 색깔들이었다.

"왜 모든 사람이 그것을 볼 수는 없나요? 왜 색깔들이 사라졌나요?"

기억 전달자가 어깨를 한 차례 으쓱해 보였다.

"우리들이 그쪽을 선택했어, '늘 같음 상태'로 가는 길을 택했지. 내가 있기도 전에, 이 시대보다도 전에, 옛날 아주 오랜 옛날에 말이야. 우리가 햇볕을 포기하고 차이를 없앴을 때 색깔 역시 사라져 버렸지."

그가 잠시 생각하더니 말을 이었다.

"그럼으로써 우리는 많은 것을 통제할 수 있었지. 하지만 동시에 많은 것들은 포기해야 했단다."

조너스는 아주 격렬한 어조로 소리쳤다.

"그러지 말았어야 했어요!"

—『기억 전달자』에서

단지 기계적 평등과 획일적인 사회를 유지하기 위해, 이토록 아름다운 세계를 통째로 버리다니. 기억 전달자는 자신이 그 모든 통제된 세계의 '너머'를 볼 수 있는 능력을 가지고 있음을 알고, 그 능력을 남김없이 기억 보유자 조너스에게 넘겨주려 한다. 그런데 이 소설의 아름다움은 '받기만 하던 사람'이 더 이상 받기를 거부하는 순간에 더욱 빛난다. 조너스는 모든 용기와 힘, 지식에 대한 기억을 전수받고도 '음악'만은 받으려 하지 않는 것이다. 기억 전달자에게 음악이라는 존재가 얼마나 소중한 것인지 알고 있기 때문이다. 음악에 대한 기억만은 받지 않겠다고 선언하는 조너스는 이제 더 이상 어린애가 아니다. 자신이 세상을 바꿀 힘을 지니고 있음을 깨달은 어른이다.

조너스는 마침내 온갖 위험을 뚫고, 아기 가브리엘을 자전거에 태워 이 무정하고 냉혹한 도시를 탈출한다. 도착할 그곳이 어디인지 알지도 못하면서, 우선 이곳을 떠나야만 한다. 어느덧 정이 들어 버린 갓난아기 가브리엘을 향한 애착이 조너스를 훌쩍 자라게 한 것이다. 입양한 동생 가브리엘이 너무 많이 울어 댄다는 이유로 '임무 해제'시키려는 어른들의 결정을 막는 방법은 탈출뿐이기 때문이다.

하지만 탈출은 여행 같은 것이 아니다. 일단 떠나면 다시 돌아올 수 없다. 조너스의 평생, 조너스의 모든 것이 다 이곳에 있다. 이곳 전체를 버리고 간다는 것은 조너스에게 사회적 죽음과도 같은 것이다. 게다가 조너스는 기억 전달자라는 엄청난 특권을 지니고 있다. 그 모든 특권을 버릴 정도로 조너스는 동생 가브리엘을 사랑했던 것이다. 사랑이라는 감정 자체가 생길 수 없도록 틀어막은 권력자들의 정책은 실패했다. 조너스는 입양한 지 몇 달되지도 않은 동생 가브리엘을 더없이 사랑했고, 자신의 머리카락 빛깔이 빨간색임을 알지도 못하는 피오나를 사랑하며, 만난 지 얼마 되지도 않은 기억 전달자를 사랑한다. 얌전한 모범생이었던 조너스를 변화시키는 것은 바로 사랑하는 사람들을 지켜야 한다는 멈출 수 없는 본능이었다.

조너스는 천신만고 끝에 가브리엘을 업고, 안고, 숨기면서 뛰고, 기어 끝내 탈출에 성공한다. 그 과정에서 조너스는 기억 전달자로부터 받은 모든 기억, 그러니까 자신의 생존에 필요한 모든 지혜와 노동의 결정체를 가브리엘에게 전달해 준다. 추울 때는 '따뜻했던 기억'을 전달하여 가브리엘을 추위에서 구해 내고, 자신을 찾기 위해 혈안이 된 당국의 정찰 비행기가 이들을 수색할 때는 두려움을 이겨 내는 '용기'를 주입한다. 기억 전달자로부터 기억을 받은 지 며칠 되지도 않아서 자신의 모든 것을 가브리엘에게 조금씩 주는 것이다. 사랑스러운 아기 가브리엘을 살리기 위한 조너스의 용기는 어쩌면 기억 전달자에게서 배운 것이 아니라 조너스의 생의 에너지, 조너스의 삶 그 자체에서 나온 것이 아닐까.

기억이 나를 습격할 때도 있고, 기억이 나를 포근하게 안아 주는 순간도 있다. 때론 나쁜 기억만 쏙쏙 골라내어 말끔하게 편집하는 기계가 있었으면 좋겠다는 생각이 든다. 하지만 나는 나쁜 기억의 아픔을 상쇄하는 좋은 기억의 아름다움을 안다. 고통을 이겨 내어 끝내 긍정적인 기억 또한 나쁜 기억의 어둠을 극복하는 과정 속에서 생긴 것임을 깨닫는다. 슬픈 기억이 파도처럼 밀려들 때도 당황하지 말자. 그럴 땐 잊지 말자. 아픈 기억조차도 결국 나의 나다움을 만들어 가는 소중한 일부임을. 기억을 글로 쓰고, 기억을 영화로 만들고, 기억을 문학과 음악과 미술로 빚어 내어 온갖 방법으로 저장할 수 있는 능력 덕분에 우리 인류는 지금까지 그 모든 장애물을 뛰어넘어 전진해 왔음을. 당신의 기억은 당신의 적이 아니다. 창조적인 사람은 나쁜 기억조차도 좋은 기억과 버무려 궁극적으로는 더 나은 제3의 기억으로 만들 줄 안다. 그 어떤 아픈 기억들조차도 결국 나를 빚어 내는 정신의 토양으로 만드는 마음의 기술, 그것이 진정한 내적 성장의 비결이다.

계산할 수 없는
시간의 소중함

미하엘 엔데, 『모모』

슈퍼히어로들은 저마다 강력한 힘으로 적들을 제압한다. 슈퍼맨은 세상 모든 무거운 것들을 번쩍 들어 올려 적을 물리치고 위험에 빠진 사람들을 구해 내며, 스파이더맨은 모든 곳에서 거미줄을 만들어 아무리 높은 곳이나 험한 곳도 펄펄 날아다니면서 적들을 무력화시키고, 원더우먼은 황금빛 올가미로 적들을 옴짝달싹 못 하게 한다.

나도 그들이 부럽다. 하지만 나는 그런 히어로물을 보면서 늘 미심쩍었다. 우린 저렇게 할 수 없는데, 우린 저렇게 '무적'의 강인함을 가질 수가 없는데. 어떻게 살아야 한단 말인가? 그냥 보고 감탄만 해야 하나. 아이들처럼 슈퍼히어로를 모방하는 놀이에 몰두할 수도 없는, 이제 너무 많은 실패와 절망에 길들어 버린 나는 슈퍼히어로 이야기를 접할 때마다 난감했다. 세상은 저렇게 단순

하지 않은데. '착한 우리 편 중에서 가장 뛰어난 자'가 '사악한 적들'을 일망타진하는 그런 이야기.

삶은 그렇게 진행되지 않는다. 게다가 그토록 착하다는 슈퍼히어로들조차도 '폭력'을 사용해 적을 물리친다는 점이 늘 마음에 걸렸다. 대부분의 사람들은 그런 폭력을 사용하지 못한다. 게다가 그런 이야기들이 '악한 사람들을 토벌하는 데는 폭력이 정당화된다.'라는 사고방식을 주입하는 것 같아 늘 마음이 불편했다. 착한 자들이 모두 힘을 합쳐도 악을 이겨 낼 수는 없을 것이다. 거꾸로, 악한 사람들이 모두 힘을 합쳐도 우리 안의 가장 선한 마음을 결코 없애지 못한다. 선한 사람도 100퍼센트 선하지 않고, 악한 사람도 완전히 악하지는 않다. 선악은 내 안에도 공존한다. 모든 사람에게, 심지어 어린아이에게도 선악의 본능이 공존한다. 어린이들이 법적인 처벌을 받지 않는다는 사실을 악용하여 일부러 범죄를 저지르는 어린이들도 있지 않은가. 궁지에 몰리면 누구나 악을 행할 수 있다.

물론 아무리 끔찍한 상황에 처해도 자기 안의 선한 빛을 잃지 않는 사람도 있다. 반면 아주 사악한 사람조차도 의외로 선한 측면이 남아 있어 엉뚱한 곳에서 선행을 하기도 한다. 선한 마음에 흰색을 입히고, 악한 마음에 검은색을 입혀 인간의 마음을 표현한다면 대부분의 사람들 마음은 텁텁한 회색에 가까울 것이다. 세상이 각박해지고 사람들의 마음속에 욕심이 더 많이 자리 잡을수록, 자본가들이 더욱 탐욕스럽게 자기 주머니를 채우고 정치인들은 더욱 사악해지고 미디어는 더욱 현란하고 자극적으로 변해 가며, 사람들의 마음속을 물들이는 그 평균적인 회색은 점점 검은색에 가까워질 것이다. 그러니 '선이 악을 이긴다.'라는 단순 도식으로는 이 세상을 더 나아지게 만들지 못한다. 선한 영웅이 악당들을 완전히 소탕하지 못하는 것처럼, 악당들은 선한 사람들의 아름다운 마음을 결코 사라지게 할 수 없다.

인정하기 싫지만, 아무리 착한 사람의 마음속에도 악한 마음이 있음을 받아들여야 우리는 인간 본성의 민얼굴과 대면할 수 있다. 현대인의 사악함은 점점 더 강력해지는 자본주의로 인해 더욱 심각해져 간다. 젊은이들조차 부동산과 주식에 집착하는 사회 속에서 아이들은 과연 무엇을 배울까. 우리 안의 선함을 되찾기 위해, 우리는 자본주의라는 욕망의 폭주 기관차를 아주 가끔이나마 멈출 수 있어야 한다. 자본주의로부터 도망칠 수 있는 마지막 피난처는 주로 가정이었다. 가정 안에서 엄마들은 아무런 대가 없이 무상으로 가사 노동과 육아 노동을 전담하지 않았는가. 우리는 얼마나 많은 고통과 슬픔을 엄마에게 전담시켰는가. 얼마나 많은 노동을 엄마로부터 착취했는가. 세상 모든 곳이 자본주의로 빠짐없이 물든다면, 우리는 엄마에게 '집밥'을 해 달라고 부탁할 때조차도 '대금'을 치러야 할 것이다.

엄마의 보살핌도 연인의 사랑도 친구의 우정도 모두 돈으로 살 수 있는 세상이라면, 누구도 공짜로는 엄마도, 연인도, 친구도 되지 않으려 할지 모른다. 그러나 현실을 보라. 여전히 가장 열악한 환경에서 사랑과 우정과 연대의 힘을 실현하는 사람들은 얼마나 많은가. 인간은 무시무시하게 사악한 존재이기도 하지만, 상상을 뛰어넘는 아름다움과 숭고함을 지닌 존재이기도 하다. 이런 생각을 하면서 『모모』를 다시 펼쳤다. 모모가 왠지 나의 오랜 고민에 다정하게 화답해 줄 것만 같았다. 모모는 자본주의 바깥으로 추방된 존재다. 모모는 언뜻 보면 아주 초라하고 가냘픈 고아이자 거지로 보인다. 모모는 자본주의 사회의 척도로 보면 '가망 없는 존재'다. 철학자들의 용어를 빌리면 호모 사케르(Homo Sacer: 법 밖의 존재, 벌거벗은 존재, 버려진 존재)다.

모모는 사회 제도에서 완전히 이탈한 자로서, 복지 제도의 도움도 받지 않으려 한다. 집이 없어 오래된 원형

극장에서 살고 있으며, 고아원에 가기를 거부하고 홀로 살기를 선택한 용감한 소녀이기도 하다. 나이조차 모른다. 부모도 없고, 이름 또한 자신이 지은 것으로 보인다. 사람들이 그녀의 겉모습으로 알 수 있는 것은 '그저 어린 소녀'라는 것뿐이다. 누구도 모모에게서 비범함이나 영웅성을 발견하지 못한다. 하지만 이 초라한 소녀가 세상을 구할 수 있는 힘을 가진 존재라는 것을 우리는 결국 알게 된다.

그런데 모모는 어떤 힘을 가졌다고 하기에는 너무나 무력해 보인다. 사실 모모는 그 어떤 강력한 힘도 가지지 못했다. 모모는 자신의 힘을 소유하는 것이 아니라 타인의 힘을 일깨우는 존재기 때문이다. 모모는 다른 사람의 혼탁한 마음속에 감춰져 있는 본능적인 선의를 일깨워 낸다. 모모는 대단한 힘을 써서 문제를 해결하지 않는다. 심지어 문제를 해결하려는 의지 자체가 없어 보인다. 모모의 비결은 단 하나다. 사실 이것은 우리가 충분히 따라 할 수 있는 삶의 기술이다. 모모는 그냥 사람들의 이야기를 온 힘을 다해 들어 주기만 한다. 그러나 아무도 모모처럼 온 힘을 다해 타인의 이야기를 들어 주지 않는다.

사람들은 서로 원수처럼 싸우다가도 모모에게 와서 억울한 이야기를 털어놓으면, 저마다 자신의 가장 절실

한 마음을 '들어 주고, 느껴 주고, 알아주는 이'가 바로 눈
앞에 있다는 사실만으로 너무나 기뻐서 모든 갈등과 분
노를 잊어버린다. 심지어 서로 욕을 하고 비난하고 죽이
기 직전에 이른 사람들도 모모에게 이야기를 털어놓으면
자기 안의 가장 선하고 해맑은 마음씨를 되찾으며 더 나
은 해결책을 모색하는 지혜를 발휘하게 된다. 모모의 '다
만 온몸으로 들어 주기' 전법은 이토록 신비로운 힘을 가
진 것이다. 누군가 나의 아픔에 완전히 공감해 준다는 것.
그 불가능해 보이는 이상을 모모는 실현하고 있었다. 아
무리 지루하고 짜증 나고 힘든 이야기라도, 오직 들어 주
고, 다만 들어 주고, 끝까지 들어 주는 것. 고통받는 타인
의 이야기에 귀를 기울이는 그 소박한 몸짓만으로 모모는
우리들의 눈부신 영웅이 되고, 빛이 되며, 희망이 된다.

　　타인의 구구절절한 사연을 들어 주는 것이 전혀 시
간 낭비라고 생각하지 않는 모모. 누가 찾아와도 그 사람
과 함께 있는 동안은 오직 그 사람의 마음속 이야기를 들
어 주는 데만 집중하는 모모. 이토록 해맑은 모모 앞에서
는 '시간이 곧 돈이다.'라는 자본주의적 사고방식이 무너
져 버린다. 모모는 시간을 돈으로 사고파는 법을 전혀 모
른다. 설령 그것을 이해하더라도, 결코 시간과 돈을 바꾸
지 않을 것이다. 모모는 시간의 장작을 남김없이 태워 온

우주를 향해 날려 버린다. 모든 시간의 의미를 소중히 심장에 아로새기는 삶. 시간의 찌꺼기가 전혀 남지 않도록, 시간의 아름다움을 남김없이 불태우는 삶. 모모는 이토록 소중한 시간을 돈 따위와 바꾸지 않는 것이다.

시간이야말로 세상에서 가장 소중한 것임을 알기에, 모모는 시간을 너무 사랑한 나머지 시간을 계산하는 법 따위는 잊어버린 것만 같다. 모모는 돈을 버는 시간, 시험을 보는 시간, 노동에 지친 시간이 아니라, 사람들의 이야기를 들어 주는 시간, 동네 아이들과 미친 듯이 노는 시간, 별과 벌레와 새와 나무의 이야기를 한없이 들어 주는 시간을 살아간다. 우리 현대인은 '시간이 돈이다.'라는 문장을 끊임없이 되새기며 살아간다. 뭔가 흥미로운 것에 이끌려 그야말로 시간 가는 줄 모르고 몰입하다가도 '이러다가 시간을 낭비하면 어쩌지?'라는 조바심으로 또다시 쳇바퀴 굴러가듯 반복되는 일상으로 복귀한다. "시간이 없어." "너무 바빠."라는 말을 자주 되뇌며, 시간의 속살을 향기롭게 음미하는 삶을 잊어버렸다. 그런데 모모와 함께 살아가는 마을 사람들은 이 작은 소녀를 통해, 흐르는 시간을 온전히 내 편으로 만드는 법을 배운다. 아이들은 모모와 놀면 이상하게도 시간이 빨리 가고 미친 듯이 재미있다는 것을 알게 된다. 어른들은 자기들끼리 온갖 복잡한 일로 멱살 붙들고 싸우다가도 모모의 해맑은 눈빛 앞에서 그녀에게 모든 것을 털어놓으면 모든 갈등이 그야말로 쓸데없는 시간 낭비였음을 깨닫는다.

나는 모모를 통해 오늘도 배운다. 시간의 압박에 시달리는 줄 알았던 내가 실제로 붙들려 있었던 올가미는 '시간' 자체가 아니라 '내 안의 회색 신사'였음을. 내 안의 회색 신사, 우리 안의 회색 신사는 이미 우리의 일상 도처에 깔려 있다. 별 생각 없이 인터넷 서핑을 하다가 두세 시간이 휙 지나가 버릴 때, 우리는 인터넷이라는 가면을 쓴 회색 신사의 마수에 걸려든 것이다. 돈에 대한 집착 때문에 소중한 사람들과 함께하는 시간을 희생하고 자신의 건강마저 해치며 앓아누울 때, 우리 현대인은 오직 돈밖에 모르는 회색 신사의 주도면밀한 덫에 제대로 걸려든 것이다. 우리가 '사랑하는 것들' 위에 돈이나 성공이나 인기 같은 자본주의적 가치를 올려 둘 때마다, 모모가 오래전에 소탕한 줄로만 알았던 회색 신사는 재기의 기회를 엿보며 호시탐탐 우리가 사랑하는 것들의 목을 조를 준비를 한다.

모모가 살던 시절의 사람들이 한 명씩 나타나는 회색 신사의 비교적 단순한 공격을 받았다면, 지금 우리 현대인은 미세먼지처럼 우리의 숨결 하나하나로 숨어드는 더욱 악랄한 회색 신사의 공격에 시달리고 있다. 모모의 회색 신사가 '사람' 단위로 인간을 공격했다면, 현대의 회색 신사는 '세포' 하나하나만큼이나 작은 입자로 잘게 바수어져 우리의 의식을 점령하고 있다. 현대의 회색 신사는 더욱 교묘하고 악착같은 방식으로 우리의 일상을 점령하여, 우리 현대인을 '막상 시간이 생겨도 도대체 무엇을 해야 할지 모르는 사람들'로 만들어 가고 있다.

여기서는 단 한순간, 단 1센티미터까지 모든 것이 정확하게 계산되고 계획되었다. 하지만 시간을 아끼는 사이에 실제로는 전혀 다른 것을 아끼고 있다는 사실을 눈치챈 사람은 아무도 없는 것 같았다. 아무도 자신의 삶이 점점 빈곤해지고, 획일화되고, 차가워지고 있다는 것을 알아차리지 못했다. 그 점을 절실하게 느끼는 것, 그것은 아이들 몫이었다. 사람들은 이제 아이들을 위해서도 시간을 낼 수 없게 되었던 것이다. 하지만 시간은 삶이며, 삶은 가슴속에 깃들어 있는 것이다. 사람들은 시간을 아끼면 아낄수록 가진 것이 점점 줄어들었다.

―『모모』에서

모모로 인해 행복의 비법, 시간과 축제를 벌이는 법

을 알게 된 마을 사람들에게 뜻밖의 재난이 들이닥친다. 그것은 바로 저 유명한 '회색 신사들'의 출현이다. 회색 신사들은 사람들에게 유혹의 마수를 뻗친다. 당신들이 지금까지 살아온 삶은 거의 모두 시간 낭비였다고. 시간을 효율적으로 관리하지 못한 탓에 당신들은 아주 하찮고 부질없는 삶을 살게 되었다고. 자신들에게 시간을 맡기라고. 회색 신사들이 관리하는 시간 은행에 시간을 맡기면 우리들이 당신들의 소중한 시간을 철저히 관리하여 당신들을 시간의 부자로 만들어 드리겠다고.

이 지역의 존경받는 이발사 푸지 씨에게 접근하여 '당신의 인생은 철저히 낭비되었다.'라고 주장하며 그를 회유하는 회색 신사의 교묘한 술책. 그 장면을 다시 읽을 때마다 가슴이 시리다. 세상에서 둘째가라면 서러울 정도로 착하고 성실하게 살아온 푸지 씨, 그는 바로 우리 곁의 소박하고 정겨운 이웃들의 모습이기 때문이다. 회색 신사는 푸지 씨에게 접근하여 자기네들의 시간 은행에 가진 시간을 모두 맡기라고 유혹한다. 당신은 철컥거리는 가위질 소리, 손님들과의 쓸데없는 잡담, 손님을 면도해 주기 위한 비누 거품으로 인생을 낭비하고 있다고. 당신이 죽는다면 당신은 이 세상에서 아예 존재하지 않았던 것이나 마찬가지일 거라고. 당신의 인생은 헛되이 낭비되고 있으므로, 그 모든 시간을 시간 은행에 저축하면 행복하고 풍요로운 삶을 살 수 있을 거라고. 하루 24시간 을 쪼개 보면 잠을 자는 여덟 시간, 노동하는 여덟 시간, 밥을 먹는 데 보낸 두 시간, 귀가 어두워서 거의 듣지 못 하는 어머니에게 이야기를 들려 드리는 한 시간, 쓸데없 이 키우고 있는 앵무새에게 낭비하는 15분까지, 당신은 마흔두 살이 된 지금까지 무려 1,379만 7,000초를 낭비 했다고. 심지어 집안일을 하는 시간, 영화를 감상하는 시 간, 친구들과 이야기하는 시간, 책을 읽는 시간까지 합하 면, 당신은 평생을 낭비해 왔다고.

　뭔가 이상하다. 이 모든 시간은 푸지 씨에게 소중한 시간들이었는데. 회색 신사는 푸지 씨에게 중요하고 의 미 있었던 모든 시간을 쓸데없이 낭비된다고 주장하는 것이다. 휠체어에 의지하고 있는 다리아 양에게 매일 꽃 한 송이를 선물하기 위해 30분간 그녀를 방문하는 일. 그 것은 그녀와 결혼하기 위한 '목적'에서가 아니라 단지 그 녀가 그 꽃 한 송이를 받으며 푸지 씨와 이야기를 나누는 시간 동안 순수하게 기뻐하기 때문이었다. 그런 소중한 시간마저 시간 은행에 저축해야 한다는 회색 신사의 꾐 에 푸지 씨는 넘어가고 만다. 나의 인생이 있는 그대로 소 중하고 의미 있다는 믿음을 잃어버렸기 때문이다. 바로 그 자기혐오의 감정이 시간 은행의 문지기들, 회색 신사들의 검은 레이더망에 걸린 것이 아닐까. 자신의 삶이 있는 그대로 멋지고 아름답다는 것을 깨달은 모모에게만은 회색 신사의 마수는 뻗치지 못했다. 회색 신사는 푸지 씨를 유혹한다. 하루에 두 시간씩만 우리 시간 은행에 저축해 보라고. "앞으로 20년간 두 시간씩을 저축하신다면 1억 512만이라는 어마어마한 재산이 모이는 겁니다. 당신은 예순두 살이 되시는 해에 그 재산을 마음대로 쓰실 수 있게 될 겁니다."

이자까지 붙여 인생의 시간을 터무니없이 부풀려 준다는 회색 신사의 농간에 완전히 속아 넘어간 푸지 씨는 마침내 그동안 시간을 저축하지 않았던 자신이 너무 명청했다며 자책한다. 회색 신사는 명령한다. 불필요한 시간은 모두 생략하라고. 손님들과 이야기를 나누는 시간, 창밖을 물끄러미 바라보며 명상에 잠기는 시간, 당신 주변의 사람들을 챙기고 그들과 소소한 대화를 나누느라 낭비하는 모든 시간을 없애 버리라고. 따스하고 정겹기 그지없는 우리의 푸지 씨는 온데간데없이 사라져 버린다. 늙은 어머니는 요양원으로 보내고, 다리아 양에게 꽃 한 송이를 바치는 시간도 없애 버리고, 책에는 눈길조차 돌리지 않으며, 견습생들을 닦달하고 더 열심히 일하라고 강요하며 감시하는 무시무시한 푸지 씨로 변해 버린 다. 그렇게 모모네 마을 사람들은 오직 모모를 제외하고 회색 신사의 노예들로 변신한다. 하지만 시간의 향기는 시간을 쪼개고 또 쪼개 아끼기만 하는 사람들에게는 미처 도달하지 못한다. 시간의 향기, 시간의 아름다움, 시간 속 에서 느끼는 행복. 그것은 우리에게 주어진 이 삶을 있는 그대로 사랑하는 이들에게 주어지는 눈부신 축복이기에.

모모는 모두가 회색 신사의 노예로 전락하자 자신이 그 모든 사람들의 '잃어버린 시간'을 되찾아야 한다는 것 을 깨닫는다. 온갖 파란만장한 모험을 거쳐 마침내 모모 가 대적하게 된 회색 신사들의 실체는 오직 시간을 돈으 로 환산하는 사람들 스스로의 욕망이었다. 폐허가 된 원 형극장으로 오직 모모를 만나기 위해 찾아오던 사람들 은 원래 행복으로 가는 지름길을 알고 있었다. 힘들고 지 칠 때면 오직 우리의 말을 따스하게 들어 주는 모모의 천 사 같은 눈빛과 활짝 열린 귀가 있으면 충분하다는 것. 사 람들은 행복의 비결을 이미 알고 있었음에도 모모와 함 께하는 시간마저 회색 신사들의 시간 은행에 헌납해 버 렸던 것이다. 아이들과 놀아 주지 않는 부모들, 오직 돈 을 벌기 위해서 시간뿐 아니라 영혼까지 잃어버린 어른 들. 그들은 모모가 회색 신사들의 마법으로부터 이 마을 사람들을 구해 낼 때까지 그들이 잃어버린 것이 무엇인지조차 깨닫지 못하고 있었다. 마침내 되찾는 '모모의 시간'. 그것은 삶을 있는 그대로 사랑하는 자들의 여유, 지금 이 시간의 소중함을 깨달은 자들의 눈부신 충만함으로 가득하다.

　나도 한때는 회색 신사처럼 시간을 효율적인 시간과 비효율적인 시간으로 나누어 24시간을 철저히 관리하지 못하는 나 자신을 미워하곤 했다. 하지만 그런 계산적인 시간관은 결코 나를 행복하게 해 주지 못했다. 게다가 시간의 의미를 깨닫는 순간은 늘 그 시간이 한참 지난 뒤에야 찾아오곤 했다. '열정 페이'를 할 수밖에 없던 시절의 나는 '나는 왜 이렇게 무능할까?' 하고 스스로를 비난하며 내 시간의 가치를 인정해 주지 않는 사람들의 가혹한 냉대에 가슴 아파하곤 했다. 하지만 오랜 시간이 흐르고 보니 그 기나긴 열정 페이 시절, 돈을 벌기 위해 아등바등 하던 시간보다는 그 모자란 시간을 쪼개고 또 쪼개 한 줄이라도 더 책을 읽으려고 했던 나 자신의 강인한 의지를 발견한다. 아르바이트가 끝나고 집에 돌아오면 자정이 넘었지만 그 시간에도 졸린 눈을 비비며 소설책을 읽고 철학서를 읽고 인문학 공부와 관련된 그 모든 '쓸데없어 보이는, 비효율적인 시간'에 내 인생을 걸었다. 바로 그 소중한 '나를 위한 시간'이 있었기에, 나는 열정 페이 시절의 그 가망 없는 노동에 나를 완전히 낭비하지 않을 수 있었다.

그때 만약 더 많은 돈을 주는 회색 신사들의 꼬임에 넘어갔다면, 더 많은 임금과 더 그럴듯한 명함을 내밀며 '너의 시간은 낭비되고 있다.'라고 속삭이던 우리 시대 회색 신사들의 유혹에 넘어갔다면, '글 쓰는 사람 정여울'은 없었을 것이다. 나는 그토록 소중한 순간들, 남들이 볼 때는 자칫 '쓸데없이 흘려보낸 시간'으로 보일지라도 오직 나만은 그 시간을 눈부시게 불태웠던 순간들을 '모모의 시간'이라 부르고 싶다. 우리가 무슨 이야기를 하더라도 그 순간만큼은 세상 최고의 소중한 이야기라도 되는 듯 열심히 들어 줄, 우리의 영원한 수호천사 모모. 그토록 사랑스러운 모모에게 나의 이야기를 들려주기 위해, 나는 오늘도 내 소중한 시간의 양탄자를 한 땀 한 땀 짜고 있다.

우리가 하루하루 가꾸어 가는 이 소박한 '모모의 시간'의 눈부심을 잠시라도 잊는다면, 회색 신사는 언제든지 우리에게 서늘한 유혹의 손길을 내밀 테니까. 무엇보다도, 나에게는 '우리의 삶이, 그 어떤 화려한 수식어도 필요 없이, 지금 이 순간 있는 그대로 충만하고 아름답다.'라는 믿음이 있으니까. 나는 '모모의 시간'을 통해 시간의 꽃밭 위에서 마음껏 뛰노는 법을 배운다. 시간이라는 거대한 우주의 텐트 아래서 늘어지게 한잠 자는 법도 배운다. 당신의 삶은 지금 있는 그대로 아름답다. 당신이 회색 신사의 마법에 맞서는 '모모의 시간'의 아름다움을 이해하기만 한다면. 당신이 있는 그대로의 지금 이 삶을 아무런 의심 없이 힘껏 껴안을 용기만 있다면.

너무 늦게
도착한 편지

켄 리우, 『종이 동물원』

조카의 사춘기가 시작되었다. 이모만 보면 부리나케 달려와 귀여운 곰인형처럼 품에 쏙 안기던 녀석이 이제 심드렁하다. 누굴 봐도 심드렁하다. 우리 가족들 앞에서는 좀처럼 웃지 않고 휴대폰을 보면서는 키득키득 웃고 있기에 뭘 하나 슬쩍 봤더니 친구와 카톡 대화 중이다. 무슨 이야기가 그토록 재미있을까. 내 가족이 아닌 사람, 가족과 멀리 있는 사람을 향한 호기심이 폭발하는 시기다. '우리들의 귀염둥이 천사'였던 조카가 '머나먼 저 세상의 청소년'으로 멀어지는 것이 사춘기의 특징일까. 가족과는 멀어지고 가족 아닌 타인들을 향한 친밀감의 열망이 커지는 것이 사춘기의 본질인가 보다.

　　가족보다 또래의 인정이 중요해지는 시기. 부모님과 외출하기는 귀찮고, 친구들과 놀기는 무조건 좋아지는 그런 시기. 그런데 가족이라는 자신의 뿌리로부터 멀어졌다가도 어른이 되면 가족을 향한 거리와 타인을 향한 거리가 어느 정도 조정이 된다. 가족을 향한 애정과 실망, 타인을 향한 기대와 실망이 반복되면서 가족도 타인도 좀 더 '적당한 거리'를 두고 바라보는 법을 배우게 되는 것이다. 좀 더 어른스러워진 마음으로 가족을 아끼는 마음, 좀 더 객관적인 시선으로 타인을 바라보는 마음이 생기게 된다.

가족을 향한 지나친 사랑도, 타인을 향한 지나친 기대도 하지 않게 될 때 우리는 어른이 된다. 하지만 '적당한 거리'만이 해법은 아니다. 인간은 본능적으로 사랑과 온기가 필요하기 때문이다. 기대하지 않고 집착하지 않으면서도 계속 사랑할 수 있는 용기야말로 가족을 바라보는 더욱 성숙한 태도가 아닐까. 하지만 가족을 계속 멀리하는 상태에서는 가족에 대한 사랑, 나아가 자신의 뿌리에 대한 사랑 자체가 식어 버리게 된다.

켄 리우의 단편소설 「종이 동물원」에는 그렇게 가족에게서 멀어진 뒤 영원히 가족으로는 돌아오지 않기로 작정해 버린 소년이 등장한다. '나'는 중국어를 하는 엄마와 영어를 하는 아빠 사이에서 자란다. 어린 시절 엄마는 '나'를 향한 무조건적 사랑으로 똘똘 뭉친 천사의 모습 그 자체다. 울고 있는 아들을 위해 신출귀몰한 솜씨로 종이를 접어 호랑이를 만들어 주는 엄마는 아들에게 무적의 마술사와 같은 존재였다. 언제든 종이접기라는 마술로 아들의 울음을 그치게 해 주는 엄마, 엄마의 손끝에서 피어날 기적 같은 종이 동물의 아름다움에 매혹된 아들. 이 얼마나 완벽한 가족의 이상향인가. 엄마의 종이접기("저자오저즈")는 특별한 힘을 지니고 있었다. 엄마가 후 하고 숨을 불어넣으면 종이는 엄마의 숨을 나누어 받아 팔딱팔딱 뛰기 시작하고, 엄마의 생명을 받아서 움직이고 소리치고 뛰어다니는 종이 동물은 아들에게 커다란 기쁨이 되어 준다.

그런데 아이는 커 가면서 부모님의 비밀을 알게 된다. 그것은 바로 아빠가 엄마를 카탈로그에서 골랐다는 사실이다. 연애나 소개팅, 중매가 아니라 '여성들을 소개하는 카탈로그'에서 엄마를 선택한 아빠라니. 아이에게는 충격으로 다가올 수밖에 없다. '나'는 고등학생이 되고 나서 아빠에게 자세한 사정을 듣게 된다. 아빠는 1973년 봄에 결혼 중개 회사에 가입했고, 회사로부터 신부들을 소개하는 카탈로그를 받아 엄마의 사진을 고른 것이었다. 홍콩 출신이고 영어를 잘한다는 카탈로그의 홍보 글에 속아서 엄마를 선택했지만 '헬로'와 '굿바이' 말고는 영어를 전혀 하지 못하는 엄마를, 그럼에도 아빠는 사랑했다. 엄마가 홍콩 출신도 아니고 영어도 하지 못한다는 것을 알게 된 아빠는 결혼 중개 회사에 쳐들어가서 돈을 돌려달라고 따질 수도 있었지만, 그러지 않고 레스토랑의 웨이트리스에게 돈을 주고 통역을 부탁한다. 사려 깊은 아빠의 차분한 행동 덕분에 엄마와 아빠는 사랑에 빠질 수 있었다. 반쯤은 겁을 먹고, 반쯤은 희망에 찬 눈으로 낯선 남자를 바라보는 그 해맑은 눈빛. 아빠는 엄마의 그 순진함과 사랑스러움에 반했고, 둘은 마침내 결혼하여 코네티컷주에 정착하여 호랑이해에 '나'를 낳은 것이다.

엄마의 종이접기로 마법처럼 태어난 동물들은 거실 구석구석을 뛰어다니며 '나'의 어린 시절을 빛내 주었다. 염소, 사슴, 물소, 그리고 호랑이. "라오후"라는 이름의 호랑이는 단연코 주인공으로 군림하며 자신보다 약한 동물들을 붙잡으러 다니는 장난을 친다. 라오후에게 짓밟혀 납작해진 종이 동물들에 엄마가 다시 숨을 불어넣으면 죽은 동물들도 다시 살아나 거실 바닥 위를 뛰어다닌다. 엄마가 만들어 준 종이 동물만 있으면 심심함도 슬픔도 서러움도 몰랐던 시절. '나'와 엄마 사이에는 영어가 없어도 분명히 통하던 따스한 친밀감이 존재했다. 저녁 식탁에 놓인 간장 종지에 뛰어드는 바람에 간장으로 물든, 다리를 절게 된 종이 물소에게 엄마는 랩을 씌워 응급 처치를 해 주기도 한다. 살아 있는 참새 떼가 라오후의 귀를 찢어 놓자, 엄마는 테이프로 라오후의 귀를 붙여 준다. 엄마가 만들어 준 종이 상어로 물놀이를 하다 상어가 물에 젖어 축 늘어지자 엄마는 은박지로 종이 상어를 만들어 '나'를 기쁘게 해 준다. 엄마는 '나'의 결핍을 마음과 정성으로 해결해 주었다.

이런 천진난만한 아이와 엄마의 놀이 속에서는 영어가 굳이 필요 없다. 엄마의 피부색도 중요하지 않다. 아이가 눈이 작고 찢어졌다는 백인 아이들의 놀림을 받기 전에는, 너희 엄마는 영어도 못하냐는 놀림에 아이가 주눅 들기 전까지는. 엄마가 마법처럼 매일 만들어 내는 종이 동물원의 천국에서, 둘은 마냥 행복할 줄로만 알았다. 하지만 성공한 백인 남자와 영어를 못 하는 중국인 여자 사이에서 태어난 '나' 잭은 '백인들의 세계'에 안착하기 위해 엄마와 점점 멀어지게 되어 버린다. 이제 고등학생이 된 '나'는 엄마를 경멸한다. 신부로 팔려 가기 위하여 자기 자신을 상품처럼 카탈로그에 싣다니. 경외감에 차서 엄마를 바라보던 어린 시절의 '나'는 사라지고, 이제 '카탈로그에 사진을 실어 자신을 상품처럼 판 엄마'를 무시하게 된 잭이 있다. 변함없이 영어를 못 하지만 아이를 더욱 사랑하는 엄마는 영문도 모른 채 아들의 경멸을 견디며 괴로워한다.

때로는 비판적 읽기가 필요하다. 이 소설은 매우 정교하게 잘 짜인 구조를 갖추고 있지만, 이 작가가 과연 작중 인물을 '어떤 시선으로' 바라보고 있는가를 생각하면, 수많은 의문점이 떠오른다. 아버지는 왜 아들이 어머니를 미워하기 시작했을 때 어머니의 편에 서지 못했는가. 아버지는 비록 결혼 중개 회사에서 제공한 '신붓감 카탈로그'에서 어머니를 처음 만났지만, 어머니를 분명 사랑했다. 결혼 중개 회사는 어머니가 영어를 잘한다고 거짓말을 했다. 아버지는 그 거짓말에 항의하여 신붓감 소개비를 환불받거나 어머니를 아예 만나지 않을 수도 있었다. 하지만 그런 손쉬운 선택지를 버리고 문화와 환경과 국적이 전혀 다른 어머니를 선택했다. 아버지는 어머니에게 첫눈에 반했으니까. 어머니 또한 아버지를 단지 '탈출의 해방구'로 생각한 것이 아니라 진심으로 사랑했으니까.

하지만 이들의 사랑과 결혼은 아들 잭의 성장 과정에서 위기를 맞는다. 아들이 '중국인 가정부 출신 어머니'를 부끄러워하기 시작한 것이다. 마크라는 백인 아이가 잭의 외모와 중국식 장난감 라오후(엄마가 만들어 준 종이 호랑이)를 비웃기 시작하자, 잭은 어머니를 증오함으로써 자신의 스트레스를 푼다. 아직 자존감이 여물지 않은 아이로서는 충분히 있을 수 있는 일이다. 하지만 여기서 아버지가 '지혜로운 중심'을 잡아야 하지 않았을까. 엄마의 중국어와 아빠의 영어 사이에서 훌륭한 '바이링구얼'로 자라고 있었던 잭은 불현듯 어머니의 세계, 중국어의 세계를 거부하기 시작한다. 엄마가 질문을 한다. "쉐샤 오하오마?(학교 잘 갔다 왔어?)" 아이는 대답도 하지 않는다. 화장실에 들어가 거울을 보며, 자신은 엄마와 하나도 닮지 않았다고 생각한다. 자신의 얼굴에 깃들어 있는 중국인 엄마의 흔적을 거부하고 싶어진 것이다. 아이는 아빠에게 묻는다. 내 얼굴이 '짱깨'처럼 생겼느냐고. 아빠는 아니라고 대답하며 고민에 잠긴다. '짱깨'가 뭐냐고 중국어로 묻는 엄마에게 아들은 쏘아붙인다. "영어로 말하라고!" 엄마는 당황한다. 아직 영어가 익숙하지 않은 것이다. 아이는 엄마가 피망을 넣고 볶은 오향장육 요리를 밀쳐 내며, 우린 이제 미국 음식만 먹어야 한다고 우긴다. 엄마의 면전에서 엄마의 문화를, 엄마의 언어를, 엄마의 엄마다움을 부정하는 것이다.

아빠는 이때 아들에게 분명히 가르쳐야 했다. 너를 '짱깨'라고 말한 그 미국인 아이 마크가 잘못했다고. 사람을 피부색으로 판단해서는 안 된다고. 마크의 부모를 만나서라도 아이의 잘못된 편견을 바로잡기를 부탁했어야 하지 않을까. 왜 부당하게 타인을 놀리고 괴롭히는 사람의 일방적 시선에 손을 들어 주고, 억울하게 놀림을 받는 사람의 아픔에 귀 기울여 주지 않는가. 다른 집들도 가끔 중국 음식을 먹는다고 타이르는 아빠의 논리는 빈약하고 비굴하다. 사랑하는 이의 아픔을 바라보면서도 강자들의 논리를 택하기 때문이다. 여기는 미국 땅이니까 미국의 규칙을 따르라는 암묵적 종용이다. 게다가 아버지는 마치 오래전부터 기다렸다는 듯 엄마에게 '미국인처럼 살기'를 강요한다. 요리책을 사다 주겠다고, 미국 음식을 만들어 달라고. 아빠는 아이의 눈을 피하고, 한 손으로 엄마의 어깨를 그러쥐며 이제 미국 음식을 만들라고 타이른다.

엄마는 이 상황을 이해하지 못해 계속 중국어로 말한다. 음식이 맛이 없냐고. 나의 아들, 어디 아픈 것이 아니냐고. 아이는 엄마에게 윽박지른다. "영어로 말하라고!" 아빠는 이제 완전히 아들 편을 든다. 그러면서 엄마의 정체성을 정면으로 부정한다. 아들에게는 영어로 말하라고. 당신도 언젠가 이런 날이 올 줄 알지 않았느냐고. 엄마는 절망한다. 말을 하려다가 입을 다물고, 또다시 말을 하려다가 입을 다문다. 중국어로 말하면 아들이 화를 낼 것이고, 영어로 말을 하자니 영어가 아직 어렵고 낯설기

만 했던 것이다. 게다가 자신의 정체성을 양쪽에서 공격
당하는 이 상황이 엄마에게는 얼마나 고통스러웠을까.

아버지는 엄마를 부드럽게 타이르려고 하지만, 그
타이름은 위로이기보다 명령조다. 그동안 내가 당신에게
너무 오냐오냐했던 것 같다고. 잭은 이제 다른 미국 아이
들과 어울려 살아야 한다고. 엄마의 정체성을 부정함으
로써 아들을 순도 높은 미국인으로 만드는 것이 아버지
의 목표였던 것이다. 오냐오냐하다니, 그동안 아내를 어
린아이 취급했다는 말인가. 영어는 서툴지만, 중국어로
자신의 온 마음을 표현하는 데는 뛰어난 재능을 지닌 엄
마는 비로소 남편을 바라보며 말한다. 자신이 사랑(love)
을 영어로 말하면 그 말을 단지 입술에서 느낄 수 있을 뿐
이라고. 하지만 사랑을 중국어로 '아이(愛)'라고 표현하
면, 그 마음을 가슴에서 느낄 수 있다고. 이렇게 온몸으로
'나, 중국인, 있는 그대로의 엄마이자 아내이자 사람'을
표현하고 있는데. 아버지는 그런 훌륭한 아내를 정면으
로 부정한다. 여긴 미국이라고. 당신도 이제 미국인으로
살라고.

이때 세계의 중심축은 완전히 아버지 쪽, 미국인의
편으로 기울어져 버렸다. 이제 더는 아들은 어머니가 만
들어 준 휘황찬란한 종이 동물원의 환상적인 기쁨 속에

빠지려 하지 않는다. 전형적인 미국 남자아이 마크가 가진 「스타 워즈」 장난감 정도는 가져야 한다고 결심한다. 아버지에게 진짜 장난감을 사 달라고 조르는 잭. 이때 어머니의 억장은 또 한 번 무너졌을 것이다. 옳다구나, 기다렸다는 듯이 「스타 워즈」 인형 세트를 통째로 사 주는 아빠의 행동은 정말 편파적이다. 아내를 사랑한다면서, 아내의 언어와 아내의 눈동자와 피부의 색깔과 아내의 일생은 그토록 지워 버리고 싶었단 말인가.

아이는 아빠가 사 준 「스타 워즈」 인형 세트를 애지중지하고, 엄마가 아주 어린 시절부터 만들어 준 추억 가득한 종이 동물원 세트를 다락에 숨겨 버리고 만다. 미국인이 되기 위해 중국인 어머니의 사랑을 헌신짝처럼 버린 것이다. 아버지는 아이를 '미국인답게' 만드는 데는 성공했을지 몰라도, 아이를 엄마처럼 사랑이 넘치고 정겨움이 가득하며 착하기 이를 데 없는 존재로 만드는 데는 실패했다. 철부지 아들 잭은 물론, 엄마를 그토록 사랑했던 아빠의 무조건적인 지지마저 잃어버린 엄마. 그녀의 앞에는 이제 얼마나 고통스러운 날들이 펼쳐질까. 세상에서 가장 소중한 사람들 곁에서 '당신의 눈동자, 당신의 피부 색깔, 당신의 언어, 당신의 당신다움' 모두를 부정당한 엄마의 가슴 속에서는 얼마나 짙은 슬픔이 뿌리를 내리기 시작했을까.

세월이 흘러 어느덧 잭이 대학 졸업을 앞둘 무렵, 엄마는 말기 암 선고를 받는다. 아파도 아프다고 말하지 못하는 엄마, 아들이 화를 낼까 봐 아들에게도 말을 걸지 못하는 엄마는 마침내 슬픔이 쌓이고 쌓인 채로 죽음의 문턱에 다다른 것이다. 엄마가 사경을 헤매고 있다는 것을 것을 알면서도, 잭은 빨리 학교로 돌아가 취업에 신경을 써야겠다는 생각에 '바로 지금 이 순간'에 집중하지 못한다. 다가오는 자신의 죽음 앞에서도 마음을 열어 주지 않는 아들의 본심을 눈치챈 엄마는 어서 학교로 돌아가라고 말하면서도 눈에는 슬픔이 가득 들어차 있다. 이 순간이 마지막임을 예감한 것이다. 평소에는 엄마를 생각하지 않아도 좋으니 1년에 딱 하루, 중국인의 명절인 '청명절'에는 엄마를 생각해 달라고 부탁하는 그녀는 죽는 순간까지도 오직 아들 걱정뿐이다.

피맺힌 슬픔을 안은 채 엄마가 돌아가신 뒤에도, 잭은 오랫동안 슬픔에 무감각했다. 그러다가 우연히 청명절에 문득 엄마가 남긴 편지를 읽게 된다. 1957년 허베이성 쓰구루에서 태어난 자신의 인생 이야기를 편지로 들려주는 엄마. 대기근으로 무려 3,000만 명이 사망했던 그 시절 찢어지게 가난한 농부 집안에서 태어난 엄마는 어린 시절 자신의 엄마(잭의 할머니)가 몰래 흙을 먹는 모습을 봤을 정도로 비참한 가난 속에 살았다. 딸에게 마지막 남은 밀가루를 먹이고 자신은 몰래 흙을 집어 먹던 어머니. 잭의 할머니는 신출귀몰한 종이접기 공예 솜씨를 딸에게 물려주었다. 쓰구루는 종이접기 공예로 유명한 곳이었다는 이야기, 정말로 종이 새를 접어서 들판의 메뚜기를 몰아내기도 하고, 종이 호랑이를 접어서 쥐를 쫓아내기도 했다는 이야기가 펼쳐진다. 음력설이 되면 빨간 종이로 하나하나 접은 용들이 하늘 높이 날아오르는 모습이 정말 아름다웠다는 이야기를 편지로 전해 주며 엄마는 얼마나 간절하게 아들과의 진정한 소통을 꿈꾸었을까.

하지만 가난보다 무서운 것은 문화대혁명이었다. 1966년 문화대혁명 시절. 오직 홍콩에 남동생이 살고 있다는 사실만으로 '인민의 적'이자 '스파이'로 몰린 할머니는 우물에 몸을 던지고, 할아버지마저 살해당한다. 문화혁명은 그렇게 아무 죄 없는 부모님의 목숨을 앗아 갔고, 엄마는 겨우 열 살에 고아가 되고 만다. 살길을 찾아 무작정 집을 떠난 그녀는 결국 여자애들을 데려다 홍콩에 내다 파는 사람들에게 납치되고 만다. 열 살에 남의 집 가정부로 끌려간 그녀는 조금이라도 행동이 굼뜨면 매를 맞고, 영어를 배우려고 하다가 들켜도 매를 맞았다. 그렇게

6년 동안 노예처럼 일을 하다가 결혼 중개업자의 눈에 띄어 '신붓감을 전시하는 카탈로그'에 사진을 올리게 된다. 아시아인 아내를 꿈꾸는 미국 남자들의 신부가 되는 것이 그때는 유일한 희망이었다는 이야기를, 아들에게 유언으로 전하는 엄마의 마음은 얼마나 막막했을까. 하지만 초라하고 고통스러울지언정 결코 부끄럽게 살지는 않았던 엄마는 아들에게 담담하게 이야기한다. 낭만적인 이야기는 아니지만, 이것이 나의 이야기라고.

아버지와 결혼하여 코네티컷주에서 친구 하나 없이 살아간 엄마의 삶은 결코 녹록지 않았다. 그토록 외로웠던 시절, 다행히 잭이 태어났고, 엄마는 잭의 얼굴에서 처음으로 '부모님의 흔적'을 본다. 오래전 돌아가셨던 부모님의 얼굴이 아들 잭의 얼굴에서 보이자, 엄마는 비로소 잃어버린 그 모든 시간을 되찾은 느낌이었다. 가족도 고향도 친구도 모두 잃어버린 그녀는, 아들의 얼굴 속에서 가족의 유전자를 발견하면서 '내가 경험한 그 모든 것이 결코 가짜가 아니라는 것'을 깨닫게 된다. 마침내 나의 이야기를 들려줄 사람을 찾았다는 기쁨. 아들에게 자신의 언어를 가르치면, 한때 사랑했지만 이제는 잃어버린 모든 것들을 작게나마 다시 만들 수 있을 것이라고 믿었던 엄마. 아들이 그토록 싫어했던 중국어는 엄마와 잃어버린 고향 땅을 연결해 주는 가느다란 실이었고, 할머니가 가르쳐 주신 종이 동물 접기는 잃어버린 가족과 어린 시절의 추억을 되찾는 간절한 매개체였던 것이다. 하지만 종이 동물을 내팽개치고 「스타 워즈」 장난감을 선택한 잭, 엄마의 중국어와 엄마의 새카만 머리카락과 조그마한 눈을 죽도록 싫어했던 잭은 이제 엄마의 마지막 희망을 빼앗아 버린 것이다.

하지만 엄마는 그런 아들을 원망하지 않는다. 다만 기쁨을 이야기한다. 두 사람이 함께 나누었던 기쁨. 아직 '백인의 문화'에 노출되지 않았던 시절, 엄마를 말갛게 좋아했던 아들이 처음으로 중국어로 말을 걸어 주었을 때. 엄마가 접어 준 종이 동물을 보면서 잭이 까르르 웃었을 때. 세상 모든 걱정이 사라진 것 같았다고. 왜 엄마에게 말을 안 하려고 하느냐고. 너무 아파서 더는 편지조차 쓸 수 없다고. 피를 토하듯 절규하는 엄마의 마지막 편지를 읽으며 그제야 잭은 자신이 엄마에게 얼마나 커다란 상처를 주었는지를 깨닫는다. 그럼에도 오직 아들에 대한 사랑을 간직한 채 세상을 떠난 엄마의 흔적을 이제 어린 시절 내팽개쳐 두었던 종이 동물들에게서 되찾을 수 있을 것이다.

너무 늦었지만 엄마의 사랑을 깨닫는 주인공의 모습

은 애달프지만, 내 마음은 아직 어머니가 홀로 '아무에게
도 이해받지 못하는 아픔'을 짊어진 채 세상을 떠난 그 장
면에 머물러 있다. 그는 중국인들이 가장 슬퍼한다는 바
로 그 아픔, 어버이께 잘해 드리고 싶지만 이제 잘해 드릴
어버이가 세상에 계시지 않는 그 아픔의 당사자가 되었
다. 갑작스러운 상처의 봉합이라 마음이 더욱 시리다. 아
들에게는 매일매일 어머니의 아픔을 이해할 기회가 있었
는데. 그에게는 마지막 기회마저 있었는데. 엄마가 곧 세
상을 떠나실 거라는 것을 알면서도 그 마지막 몇 시간이
아까워 어머니에게 작별 인사마저 제대로 하지 못하다
니. 어쩌면 그렇게 냉혹하게 엄마의 마지막 배웅을 뿌리
칠 수 있을까.

　　아들은 뒤늦게 엄마를 이해하고, 자신의 잘못을 아
주 조금이라도 뉘우치고 새롭게 자기 인생을 시작할 기
회가 있지만, 엄마에게는 어떤 기회가 남아 있을까. 엄마
는 이미 슬픔과 외로움과 좌절감만을 가득 안고 저세상
으로 떠났는데. 다시는 이곳으로 돌아올 수 없는데. 다행
히도 돌아가신 조상을 그리워하는 청명절이라는 명절과
뒤늦게 도착한 엄마의 편지는 아들에게 화해와 공감의
마지막 기회를 준다. 엄마를 가끔이라도 기억해 달라는
그 작은 소원을, 아들은 마침내 들어준 것이다. 「종이 동

물원」의 어머니는 아들에겐 사랑받지 못했지만, 우리 수많은 독자들에게는 뒤늦게 뜨거운 사랑을 받고 있다. 이렇게 해맑고 순수한 영혼을 가진 사람을, 이렇게 그 누구에게도 해를 끼친 적이 없는 사람을 그 누구도 이해하지 못하고 그 누구도 진정으로 '소통'하려 하지 않았다는 사실이 너무 가슴 아프다.

문학은 어쩌면 단 한 번도 '이 세상의 무대' 위에서 주인공인 적 없었던 사람들을 '알고 보면 진정으로 이 각박한 세상을 떠받치고 있는 든든한 아틀라스' 같은 영웅으로 그려 낸다. 여성의 인권을 얻기 위해 투쟁한 전사도 아니고 엄청난 사회적 성공을 거머쥔 슈퍼맘도 아니지만 나는 「종이 동물원」의 엄마를 계속 사랑할 작정이다. 잭이 못다 한 사랑까지도, 나는 내 사랑스러운 그녀에게 다 주고 싶어진다. 그녀는 미국 사회의 가혹한 백인 우월주의가 만들어 낸 희생양에 그치지 않는다. 사랑받지 못했음에도 온 마음을 다해 마지막까지 오직 '완전한 사랑'으로 자신을 표현한 사람의 이야기, 나는 그렇게 이 작품을 기억하고 싶다.

상처의 틈새로 쏟아지는
햇살을 찾아서

안데르센, 『인어 공주』

인어 공주는 알고 있었다. 지금 추는 이 춤이 왕자를 위한 마지막 춤이라는 것을. 그리하여 이 춤은 어느 때보다도 더욱 아름답고 절박했다. 매 순간 두 발을 날카로운 칼날이 긋는 듯 아팠지만, 그런 고통쯤은 참아 낼 수 있었다. 인어 공주의 마음이 훨씬 더 아팠기 때문이다.

어떤 동화는 어른이 되어 읽었을 때 더욱 눈부신 감동으로 다가온다. 『인어 공주』의 슬픔은 사랑의 아픔을 온몸으로 체험한 어른의 눈으로 보았을 때 더욱 아름답고, 『피터 팬』의 감동은 악당 후크 선장도 결국 한 명의 나약한 어른일 뿐이었다는 것을 알게 된 어른의 눈으로 읽었을 때 더욱 크고 뜨겁게 다가온다. 왕자를 죽여야 내가 살 수 있다는 것을 알면서도, 왕자를 죽이지 않으면 내가 물거품이 되고 말 것을 알면서도 결코 왕자를 죽일 수 없는 인어 공주의 마음은 온갖 사랑의 산전수전을 겪어 본 어른들의 마음속에 더 깊은 파문을 일으킨다. 피터 팬을 괜스레 괴롭히는 것처럼 보이지만 사실 피터 팬의 눈부신 젊음과 해맑은 순수를 질투하는 후크 선장의 마음을 이해한 뒤에 동화가 아닌 원작 소설『피터 팬』을 보면 훨씬 감동적이다. 이렇듯 '이야기의 감동'은 나이가 들수록 더 내면에서 풍요로운 울림으로 다가오곤 한다.

『인어 공주』 원작을 읽어보면, 인어 공주가 인간이 되고 싶었던 것이 단지 한 남자를 위한 사랑 때문만은 아니었음을 알 수 있다. 인어 공주는 어린 시절부터 인간 세계를 동경했다. 배가 침몰하면서 바다 밑으로 내려온, 눈처럼 흰 돌로 조각된 아름다운 소년의 조각상을 아끼는 인어 공주. 인어 공주는 할머니에게 '인간 세상의 이야기'를 들려달라 조르며 어린 시절을 보낸다. 커다란 배와 화려한 도시들, 하늘을 나는 새, 향기를 피우는 꽃들, 그리고 인어와 달리 꼬리와 지느러미가 아닌 다리로 움직이는 인간에 대한 무한한 호기심.

할머니는 인어 공주의 통과 의례가 열다섯 살에 찾아옴을 알려 준다. "너희들이 열다섯 살이 되면 바다 위로 나가게 된단다. 달빛이 비치는 바위 위에 앉아 지나가는 큰 배들을 볼 수 있지. 그리고 숲과 도시도 볼 수 있단다."

인간 세상에 대한 남다른 호기심을 가진 인어 공주에게 할머니는 결정적인 이야기를 들려준다. 인어는 무려 300년 동안 아무 걱정 없이 평화롭게 바닷속에서 살 수 있다고. 인간은 길어야 100년 정도밖에 못 살면서 온갖 걱정과 시름에 시달려야 한다고. 하지만 인어에게는 없고 인간에게는 있는 것, 그것이 바로 '불멸의 영혼'이라고. '불멸의 영혼'이라는 말에 인어 공주의 귀가 번쩍 뜨인다.

인어 공주의 할머니는 일깨워 준다. 인간에게는 '불멸의 영혼'이, 죽어서 흙이 된 뒤에도 영원히 살 수 있는 영혼이 있음을. 인어 공주는 300년이나 지속되는 인어들의 편안한 삶보다 인간만이 가졌다는 그 '불멸의 영혼'에 강렬하게 매혹된다. 할머니의 이야기를 듣자 인어 공주는 '불멸의 영혼'이야말로 자신이 진정으로 얻고 싶어하는 그 무엇임을 깨닫는다. "우리에겐 왜 불멸의 영혼이 없나요? 단 하루만이라도 인간이 되어 별 너머에 있는 찬란한 세계에 가 볼 수 있다면 제 목숨을 주어도 아깝지 않겠어요." 인간 세상을 잠깐 구경해 보았지만, 역시 바닷속이 제일 아름답고 편하다고 생각하며 현실에 안주하는 언니들과는 달리, 인어 공주는 목숨을 걸고 인간이 되려고 한다.

가질 수 없는 대상, 지상의 왕자와 사랑에 빠지는 순

간, 인어 공주는 이미 '인간의 영혼'을 닮아 가기 시작한다. 가질 수 없는 것을 꿈꾸고, 닿을 수 없는 것을 열망하고, 사랑해선 안 되는 사랑을 사랑하는 것. 바로 이 넘을 수 없는 경계 너머를 꿈꾸는 것이야말로 인간이 지닌 가장 아름답고도 위험한 본능이니까. 인어 공주가 왕자와 사랑에 빠지는 순간, 아니 인어 공주가 왕자에게 일방적으로 사랑을 느낀 순간. 인간 세계와 인어 세계의 육중한 경계선은 이미 흔들리기 시작한다.

왕자는 바다에 빠져 목숨을 잃을 위기에 처하고, 인어 공주는 이미 산산조각 난 거대한 배의 파편에 부딪쳐 죽을 수도 있는 상황에서 용감하게, 그야말로 목숨을 걸고, 천신만고 끝에 왕자를 구해 낸다. 인어 공주는 자신의 마음 깊은 곳에 숨어 있는 이상형의 이미지를 왕자에게 투사한다. 어딘가에 있을 나의 간절한 반쪽을 찾는 인어 공주의 마음은 바다와 육지의 경계를 뚫고, 인간 세계와 인어 세계의 경계를 뛰어넘어, 마침내 '가능한 것과 불가능한 것'의 경계조차 뛰어넘는다. 더 높이, 더 멀리, 더욱 알 수 없는 곳으로 떠나고 싶은 인어 공주의 꿈은 마녀와의 계약이라는 무시무시한 장애물을 뛰어넘어야만 가능한 것이었다.

마녀는 인어 공주를 향해 냉철하게 경고한다. 만약

네게 인간의 다리가 생긴다면, 걸을 때마다 날카로운 칼날이 온몸을 꿰뚫는 것처럼 고통스러울 거라고. 그래도 괜찮다면 도와주겠다고. 인어 공주의 대답은 놀라웠다. 괜찮다고. 그 어떤 고통이라도 참아 내겠다고. 이제 고생이라고는 몰랐던 평탄한 인어 공주의 삶에 사랑이라는 고통이, 사랑을 위해 완전히 다른 존재로 변신해야만 느낄 수 있는 고통이 스며든 것이다.

인어 공주는 고통을 견뎌 내고 인간이 되었다. 왕자의 사랑과 불멸의 영혼을 얻기 위해 하지만 왕자가 이름을 물을 때, 어디서 왔는지를 물을 때 혀를 잃어버린 인어 공주는 말을 할 수 없다. 인간의 다리를 얻은 대신 주체적으로 자신을 표현할 수 있는 능력을 잃어버린 것이다. 인어 공주는 발이 바닥에 닿을 때마다 날카로운 칼날 위를 맨발로 걷는 고통을 느꼈지만, 오히려 왕자를 기쁘게 해 주기 위해 더욱 아름답게 춤을 추었다. 왕자와의 사랑을 위해, 불멸의 영혼을 얻기 위해 인어 공주는 모든 것을 걸었다. 그러나 결국 왕자는 이웃 나라의 공주를 자신을 구해 준 사람으로 착각해 결혼을 하고, 인어 공주는 마침내 영원히 물거품이 되어 바다를 떠돌 위험에 처한다. 언니들은 인어 공주를 구하기 위해 마녀에게 머리카락을 팔아 마법의 칼을 얻어 온다. 이 칼로 왕자의 심장을 찌르면 살 수 있다며, 언니들은 인어 공주를 반드시 살려 내려 한다.

인어 공주는 왕자의 이마에 마지막으로 작별의 키스를 한다. 장밋빛으로 물들어 오는 여명과 날카롭게 빛나는 칼을 번갈아 바라보며, 인어 공주는 결단의 순간을 맞는다. 그 순간 왕자가 잠결에 신부의 이름을 부른다. 꿈속에서도 인어 공주가 아닌 신부의 이름을 부르는 왕자를 바라보며, 칼을 쥔 인어 공주의 손이 바르르 떨린다. 하지만 인어 공주는 미련 없이 저 멀리 바닷속으로 칼을 던져 버린다.

인어 공주는 왕자와의 결혼뿐 아니라 인어는 결코 가질 수 없는 '불멸의 영혼'을 원했다. 하지만 결국 불멸의 영혼보다 더 아름다운 어떤 것을 얻은 것이 아닐까. 첫째, 인어 공주는 신분은 물론 '인간'과 '인간 아닌 존재'의 경계마저도 뛰어넘는 불멸의 사랑을 했다. 둘째, 인어 공주는 극한의 고통 앞에서도 자신의 의지를 굽히지 않는 존재의 아름다움을 온몸으로 증언한다. 인어 공주는 인간의 다리를 얻기 위해 마녀에게 혀를 뽑히고, 그것도 모자라 걸음을 옮길 때마다 칼로 다리를 찌르는 듯한 날카로운 고통을 느끼면서도 미소를 잃지 않는다. 왕자를 죽이면 자신이 살아날 수 있는데도, 다른 여자와 신혼 첫날

밤을 보내고 행복한 표정으로 잠들어 있는 왕자의 심장을 차마 찌르지 못한다. 사람들은 '바보 같은 선택'이라고 비난할지라도, 인어 공주는 자신의 사랑을 부정할 수 없었던 것이다.

셋째, 인어 공주는 불멸의 영혼보다 더 소중하고 아름다운 '존재의 눈부신 용기'를 보여 주었다. 현대인의 시선으로 본 인어 공주는 어쩌면 너무 미련하고, 순진하고, 사랑밖에 모르는 바보처럼 보일지도 모른다. 하지만 나는 여전히 인어 공주의 용기가 눈물겹다. 그녀는 운명에 순응하지 않고 운명보다 앞서 떨쳐 나아갔고 운명의 장애물 앞에서 결코 물러서지 않았다. 사랑 앞에서 한없이 계산하고, '혹시나 내가 손해 보지 않을까?' 하고 전전긍긍하는 문명인들과 달리, 인어 공주는 마지막까지 '어떻게 하면 그 사람이 행복할까?'를 생각하고 자기 사랑의 아름다운 마지막을 신이나 마녀의 도움이 아닌 스스로의 손으로 장식했다. 나는 인어 공주를 통해 자신을 가로막은 수많은 경계를 뛰어넘어 그 모든 장애물을 해체하는 존재의 눈부신 아름다움을 본다.

삶을 바꾸는
철학의 아름다움

소크라테스, 『플라톤의 대화편』

소크라테스가 만일 죽음을 택하지 않았더라면, 좀 더 필사적으로 '살기 위한 노력'을 멈추지 않았더라면 수천 년의 시간을 뛰어넘어 여전히 세계인에게 화두를 던져 주는 철학자가 됐을까? 비극적인 죽음이 없었어도 물론 훌륭한 철학자로 남았겠지만, '위대한 철학자'로까지 존경받지는 못했을지 모른다. 그의 죽음은 단지 그리스의 비극을 넘어 정치의 논리를 학문에까지 적용하는 모든 권력에 대한 저항의 상징이 됐으며, 그 죽음 자체가 철학적 화두로서 여전히 수많은 사람에게 영향을 미치고 있기 때문이다.

소크라테스는 '앎'에 대한 인간의 인식 자체를 철학의 도마 위에 올려놓았다. "너 자신을 알라."라는 것은 곧 '너 자신의 무지를 알라.'의 의미로 들린다. 자신의 무지

앞에 떳떳할 사람이 얼마나 되겠는가. 평생 무지를 깨닫지 못한 채 자신이 잘할 수 있는 것만 골라 하면서 불철주야 잘난 척만 하다가 가는 사람은 또 얼마나 많은가. 소크라테스는 자신을 꽤 괜찮다고 여기는 이들에게 '당신은 아직 멀었다. 아니, 시작도 하지 않았다.'라는 것을 일깨워 주는 수많은 질문과 논증을 던져 그들을 피곤하게 했다.

진정한 앎에 이르는 길은 결코 달콤하고 쉽고 편안할 수가 없다. 다른 안락한 길, 꽃잎 뿌려진 아름다운 길 같은 건 없기 때문이다. 무지의 부끄러움을 앎의 환희로 바꿀 줄 알았던 소크라테스의 제자들과 달리, 수많은 아테네인은 소크라테스가 자신의 '모름'을 일깨우는 것을 불쾌하게 생각했다. 아첨은 달콤하고 진실은 쓰디쓰다는 것을 소크라테스가 몰랐겠는가. 그는 대중에게 달콤한 사탕발림으로 '철학은 엄청나게 쉽고 재미있다.'라고 유혹하는 대신, '당신의 삶을 송두리째 뒤흔들지 않는 것은 질문도 아니고 철학도 아니다.'라는 것을 일깨우려 한 게 아닐까.

그가 자신의 무죄를 증명하고자 변론하는 부분을 읽을 때면 '어떻게 하면 소크라테스를 살릴까?' 궁리하며 읽곤 했다. 그가 처음부터 죽음을 결심했는지, 의심해 보기도 했다. 하지만 소크라테스의 변론은 읽을수록 확신

범의 느낌을 강하게 풍긴다. 그는 처벌을 완화하려고 자신의 주장을 굽히지 않았다. 오히려 명확하게 자신이 아테네인들을 괴롭히는 '이유'를 설명했다.

소크라테스는 그토록 억울한 죽음 앞에서도 살길을 도모하지 않았다. 크리톤을 비롯한 많은 사람이 탈옥을 권했지만 흔들리지 않았다. 죽음 앞에서도 철학과 삶의 일치를 꿈꿨다. 아테네에서 그의 삶은 처음부터 끝까지 철학적이었지만, 그의 죽음은 철저히 정치적으로 진행됐다. 오랜 전쟁과 내분으로 인한 혼란과 피폐함에 지친 그리스인들은 뭔가 실용적인 것, 밥벌이가 되는 것, 현실적인 문제를 해결할 반짝이는 대안을 찾았다. 하지만 평생 수업료 한 번 받지 않고 자신이 만난 모든 아테네인에게 무료로 철학 강좌를 해 준 소크라테스의 관심은 오직 '인간에게서 가장 빛나는 덕성'을 끌어내는 것이었다.

그의 죽음은 수많은 증인을 낳았다. 그들은 소크라테스가 죽어 가는 모습을 똑똑히 지켜봤고, 그 안타까운 죽음 앞에서 저마다 비장한 각오를 했을 것이다. 소크라테스가 죽음을 불사하면서 지키고자 한 가치는 무엇이었을지 고민하는 것이 그들에게 남겨진 과제였다. 특히 플라톤은 소크라테스의 죽음을 통해 철학자로서 더 커다란 소명 의식을 느낀다.

플라톤과 소크라테스는 서로의 운명을 바꾼 사제 관계다. 플라톤은 스무 살 때 소크라테스를 만났다. 아테네 청년들이 선망하는 직업은 정치가였고, 플라톤 역시 정치에 입문하기를 꿈꿨다. 하지만 그는 소크라테스를 알고 나서부터 정치보다는 철학에 빠져들었고, 정치를 향한 야망을 접고 철학을 향한 꿈을 불태웠다. 소크라테스가 죽음의 문턱에 이를 때까지 그의 곁을 떠나지 않고 지킨 것도 플라톤이다. 자신이 가장 존경하던 스승이 정치적 압박으로 재판에 회부되고, 대중의 그릇된 판단으로 죽임을 당하는 것을 보면서 정치에 대한 꿈을 완전히 접은 것으로 보인다.

소크라테스는 플라톤이 스물여덟 살 때 제자들이 지켜보는 가운데 의연하게 죽었다. 플라톤에게는 평생 잊을 수 없는 트라우마였을 것이다. 그는 그 상처를 '철학적 글쓰기'를 통해 극복한 것이 아닐까. 플라톤의 노력이 없었더라면 소크라테스의 삶은 이토록 오랫동안 전 세계에 기억되지 못했을 것이다. 플라톤은 아테네의 철학자 소크라테스를 세계인의 철학자로, 인류의 위대한 정신으로 끌어올린 주인공이다.

물론 석공 아버지와 산파 어머니 사이에서 태어난 '민중의 아들' 소크라테스와 어리석은 대중을 혐오한 플라톤 사이에는 건널 수 없는 정치적 차이가 심연처럼 가로놓여 있지만, 어떤 기록도 남기지 않은 소크라테스의 사상이 불완전한 형태로나마 아직까지 남아 있는 것은 플라톤의 공로다.

극작가 아리스토파네스는 소크라테스를 주인공으로 「구름」이라는 작품을 발표했다. 이때가 기원전 423년 이니, 소크라테스가 마흔여섯 살 되던 해다. 「구름」에는 소크라테스를 비판하는 내용이 많다. 아리스토파네스는 소크라테스를 '잘난 척하는 이방인 샌님'으로 만들어 버렸고, 소크라테스의 진심 어린 사상보다는 그에 대한 나쁜 소문을 희화화했다.

그는 소크라테스가 자연 현상을 설명할 때 신들의 도움을 받지 않고 자연의 이치 자체로 설명한다는 점을 들어 그를 '무신론자'로 몰았고, 궤변을 일삼는다는 이유로 그를 화려한 언변을 지닌 혹세무민의 사상가로 몰았다. 당시의 궤변이란 가장 약한 주장을 가장 강한 주장으로 바꾸는 능력이었으므로 그것은 실수나 불의를 은폐하는 쪽으로 악용될 위험, 젊은이들을 타락시킬 위험이 있었다. 나쁜 짓을 저질러 놓고도 화려한 언변만 잘 구사하면 유죄 판결로부터 빠져나올 수 있었다.

물론 소크라테스는 이런 궤변론자들과는 아무 상관

이 없었다. 안타깝게도 아리스토파네스가 지적한 두 가지 부정적 특성이 24년이 흐른 뒤 소크라테스의 고발장에 그대로 나타난다. 무신론자이며 궤변론자로서 젊은이들을 타락시키는 자라는 비난은 사실 곡학아세를 일삼던 다른 소피스트들이 들어야 할 비난이었지만, 이미 수많은 사람에게 '진리'를 설파함으로써 '대중의 감정'을 상하게 한 소크라테스는 아테네 사회에서 눈엣가시였다

소크라테스는 '나는 누구인가'에 대답할 때까지 질문을 멈추지 않는다. 나는 무슨 쓸모가 있는지, 내가 아는 것은 내게 무슨 도움이 되는지 끝없이 질문하는 것이 유쾌할 리 없다. 자꾸만 부정적인 생각, 스스로를 상처 입히는 생각이 떠오르기 때문이다. 하지만 소크라테스는 그 고통스러운 질문을 평생 회피하지 않는 것이 생각이 한곳에 고여 썩어 문드러지지 않게 할 유일한 방법임을 누구보다도 먼저 알았다.

이제 그만 전쟁을 멈추고 싶고, 이제 그만 잘 먹고 잘 살고 싶고, 이제 그만 편안하게 출세와 영달에 이르는 길을 가고 싶은 아테네인들에게, 그는 자꾸만 '당신이 누구인지 알게 될 때까지 질문을 멈추지 말 것'을 요구했다. 그는 아기를 낳는 여인과 고통을 함께하는 산파이던 자신의 어머니처럼, 인간 영혼의 산파가 되고자 했다.

몸은 태어났지만 아직 진정으로 자기 영혼을 탄생시키지 못한 사람들에게 돈을 버는 것이 전부가 아니고 출세와 영달이 전부가 아니라면서 태어난 이유를 묻고, 만들고, 창조하는 것이야말로 철학의 임무임을, 그것만이 영혼의 구원임을 이야기하고 싶어 했다. 그는 인생의 마지막 날을 사랑하는 사람들과 하루 종일 죽음과 불멸에 대해 토론하며 보내기를 원했다. 제자들은 심장에 눈물을 가득 머금고 그의 마지막 유언을 기꺼이 들어줬다. 그 감동의 대화록이 바로 『플라톤의 대화편』이다.

'다만 내가 되는 시간'이 좋아요

얼마 전 고등학생들에게 '삶을 바꾸는 인문학의 힘'에 대한 강연을 하다가 이런 질문을 받았다. "선생님, 저는 '아싸'라는 말을 듣기 싫고 '핵인싸'가 되고 싶은데, 그러면 진정한 나다움을 잃어버리는 걸까요?" '아싸' 즉 아웃사이더(outsider)가 되기 싫은 마음과 '핵인싸' 즉 무리에서 핵심적인 인사이더(insider)가 되고 싶은 마음. 그런 열망을 극복하는 것은 청소년기의 내적 성장에서 매우 중요한 역할을 할 뿐 아니라 이후 성인이 된 후 '나다움'을 찾는 과정에서도 매우 결정적인, 성장의 과제다. 나는 그 질문을 듣는 순간 '아웃사이더가 될 용기'의 중요성이 떠올랐다. 돌이켜 보면 나는 늘 아웃사이더였다. 많은 사람들이 섞인 무리에 있을 때 자주 불편함을 느꼈고, 리더가 되고 싶지도 않았으며, 늘 서늘한 소외감을 가슴 깊이 안고 살았다. 하지만 그 모든 아웃사이더의 체험이 불행하지는 않았다. 그 어떤 조직에도 속하지 않는 아웃사이더이면서 미치도록 행복한 지금이 너무 좋다. 이렇게 행복한 아웃사이더가 되기 위해 그토록 힘겨운 사춘기와 이십 대를 통과했나 보다.

내가 아웃사이더를 선택한 이유는 '남들에게 잘 보이는 것'보다 '나답게 사는 것'이 더 중요함을 본능적으로 알았기 때문이다. 게다가 인사이더나 리더가 되는 것은 미치도록 어려운 일이었다. 하지만 그것도 내가 되는 일만큼 어렵지는 않았다. 나는 본의 아니게 어줍잖은 실력으로 팀을 이끌어 가는 일이 가끔 있었지만, 그때보다 더 즐거운 것은 '그저 내가 되는 시간'이었다. 다만 나여도 충분하니, 더 이상 다른 사람처럼 되려고 노력하지 않기를. 내가 지금 열일곱 살이라면 그토록 '다른 사람처럼 되고 싶어 했던' 외로운 나 자신에게 가장 들려주고 싶은 이야기다. 너는 너로서 충분히 아름답다고. 롤모델을 찾으려 온 세상을 헤매기보다는 오직 너다운 너여야만 한다고. 다른 누군가가 되기 위해 몸부림치지 않아도, 너는 지금 있는 그대로 너무나 눈부시다고. 고통스러운 성장통을 겪는 모든 젊은이들에게 말해 주고 싶다.

솔직하게, 나답게, 있는 그대로의 나를 받아들이는

것이 남들에게 인정받는 것보다 중요함을 진심으로 받아들이면, 어느 순간 인사이더와 아웃사이더의 구분마저도 중요하지 않게 된다. 내 마음의 나침반이 항상 '타인의 시선'이 아니라 '나답게 살기'를 향하기 때문에, 남들에게 '그럴싸한 사람'으로 보이기 위한 사회적 연기력은 떨어지는 편이다. 나 같은 성격은 리더보다는 작가나 예술가처럼 혼자 있는 시간이 많은 삶이 어울린다. 그런데 이런 마음의 나침반을 갖게 되기까지 너무 오랜 시간 방황해야 했다. 내게 '아웃사이더가 되기 싫다.'며 그러면서도 '남들과 섞이다가 나다움을 잃어버릴까 봐 두렵다.'는 고민을 털어놓은 학생은 열일곱 살이었다. 열일곱 살의 나에게 '나답게 살기'를 택해도 좋다고, 타인에게 인정받는 삶보다 나 자신에게 정직한 삶을 택해도 좋다고 조언해 준 사람이 있었더라면 얼마나 좋았을까. 나는 훨씬 덜 방황하고, 훨씬 덜 아파하고, 스스로를 '부적응자'라고 생각하지 않아도 좋았을 텐데. 나는 그 열일곱 살 소녀에게 이렇게 말해 주었다. 인사이더, 아웃사이더, 그런 구분은 결코 중요하지 않다고. '내가 어떻게 살아가야 할 것인가?'를 결정해야 하는 이 절체절명의 순간에 중요한 것은 '내 삶을 내가 이끌어 간다는 용기와 자발성'이라고. 난 항상 아웃사이더였지만 그런 나를 이제는 사랑하게 되었다고.

학생의 질문을 오랫동안 곱씹어 보며, 나는 '다시 열일곱 살이 된다면 무엇을 할까?'라는 질문을 던져 보게 되었다. 입시에 대한 걱정 때문에 항상 쫓기는 심정이었지만 시험이 끝난 며칠 후의 시간, 방학 때나 방과후의 나른한 오후, 분명 나에게는 책을 더 많이 읽을 시간이 있었다. 다시 열일곱 살이 된다면 시간을 쪼개 더 많이, 더 깊이 문학 작품을 읽어 보고 싶다. 문학 작품을 읽는 시간이야말로 평생 기억에 남을 나다움의 자산을 키워 가는 행복한 시간이었음을 이제는 알기 때문이다. 다시 열일곱 살이 된다면 클래식 음악도 더 많이 들어 보고 싶고 미술 전시회도 혼자 다녀오고 싶다. 혼자 있는 시간을 이상하게 여기지 않고 하염없이 혼자 지내도 전혀 외롭지 않은 시간들을 보내는 마음의 기술을 연마하고 싶다. 나는 책 읽기와 글쓰기를 통해 아웃사이더인 채로 행복해지는 법을 배웠다.

나는 방황하는 모든 사람에게 말해 주고 싶다. 아웃사이더도 인사이더도 아닌 '문제적 개인'이 되어 보라고. 문제적 개인이란 문제를 일으키는 사람이나 트러블 메이커라는 뜻이 아니라, 아무 문제 없이 잘 돌아가는 것처럼 보이는 사회에 분명 문제가 있음을 선언하는 사람이다. 문제적 개인이란 우리가 이렇게 천편일률적인 삶을 살아서는 안 된다고 온몸으로 선언하는 사람들이다. 아웃사이더일지언정 용감하게, 남다르게 살기를 선택한 이들의 이야기에 나는 언제나 매혹되었다. 니체, 고흐, 베토벤, 연암, 나혜석, 버지니아 울프……. 그들 모두가 문제적 개인이었다. 다시 열일곱 살이 된다면 나는 더욱 맹렬하게 읽고 쓰고 듣는 훈련을 하고 싶다. 이 책은 다시 열일곱 살이 된다면 내가 직접 발로 뛰어 찾아다니며 듣고 싶은 인문학 강의이자, 내가 그때 그 시절 꼭 읽어야만 했던 그러나 제대로 깊이 읽지 못했던 책들에게 바치는 뒤늦은 연애편지다.

모두들 휴대폰을 제2의 자아처럼 사용하게 된 요즘, 기계의 도움 없이 그저 혼자 잘 있는 법을 모르는 어른들이 많다. 휴대폰이 없으면 어쩔 줄 모르는 어른들도 많다. 이 책을 통해 '혼자 있기의 즐거움', '혼자 놀기의 행복'을 인문학의 향기와 함께 느낄 줄 아는 어른들이 많아졌으면 좋겠다. 다시 열일곱 살이 된다면 나는 더욱 맹렬하게 읽고 쓰고 듣는 훈련을 하고 싶다. 책 읽기와 글쓰기는 나에게 독립적이고 자발적인 혼자 있기의 아름다움을, 아웃사이더의 진정한 아름다움을, 그 어떤 상황에서도 혼자서 멋지게 시간을 보내는 방법을 알려 주었다. 다시 열일곱 살이 된다면 나는 더 오래 더 자주 '행복한 아웃사이

더'이자 '유쾌한 방랑자'인 나 자신의 눈부신 미래를 상상
하고 싶다. 부디 이 책이 오늘의 십 대들에게 그리고 십
대처럼 싱그러운 상상력의 안테나를 잃고 싶지 않은 어
른들에게 다정한 셀프테라피 인문학의 길잡이가 되어 주
기를.

— 오래전 열일곱의 불안과 설렘을 동시에 기억하며,
아직 열일곱의 싱그러움을 간직한 당신에게 쓰다.
작가 정여울.

1부 • 비커밍 Becoming

J. M. 바스콘셀로스, 박동원 옮김, 『나의 라임오렌지나무』(동녘, 2003)

프랜시스 호지슨 버넷, 김옥수 옮김, 『비밀의 화원』(비룡소, 2011)

그림 형제 원작, 펠릭스 호프만, 『라푼첼』(비룡소, 2009)

로알드 달, 김난령 옮김, 『마틸다』(시공주니어, 2018)

닉 혼비, 김선형 옮김, 『어바웃 어 보이』(문학사상사, 2013)

칼 구스타프 융, 한국융연구원 C.G. 융 저작 번역위원회, 『인격과 전이』(솔출판사, 2004)

윌리엄 제임스, 정명진 옮김, 『심리학의 원리』(부글북스, 2018)

찰스 디킨스, 이인규 옮김, 『올리버 트위스트』(민음사, 2018)

앙투안 드 생텍쥐페리, 심영아 옮김, 『어린 왕자』(펭귄클래식코리아(웅진), 2016)

이언 매큐언, 민은영 옮김, 『칠드런 액트』(한겨레출판, 2015)

2부 • 브레이킹 Breaking

헤르만 헤세, 전영애 옮김, 『데미안』(민음사, 2000)

카를로 콜로디, 이승수 옮김, 『피노키오의 모험』(비룡소, 2020)

진 웹스터, 공경희 옮김, 『키다리 아저씨』(비룡소, 2004)

기 드 모파상, 김동현, 김사행 옮김, 『모파상 단편선』(문예출판사, 2006)

Gabrielle-Suzanne Barbot de Villeneuve, translated by J. R. Planché, adapted by Rachel Louise Lawrence, *Madame de Villeneuve's The Story of the Beauty and the Beast*(CreateSpace Independent Publishing Platform, 2014)

그림 형제, 랜달 자렐 엮음, 이다희 옮김, 『백설 공주와 일곱 난쟁이』(비룡소, 2004)

게오르크 피퍼, 유영미 옮김, 『쏟아진 옷장을 정리하며』(부키, 2014)

표도르 도스토예프스키, 김연경 옮김, 『죄와 벌』(민음사, 2012)

카렌 호나이, 서상복 옮김, 『내가 나를 치유한다』(연암서가, 2015)

토머스 하디, 정종화 옮김, 『테스』(민음사, 2009)

칼 구스타프 융, 정명진 옮김, 『정신분석이란 무엇인가』(부글북스, 2014)

아서 밀러, 최영 옮김, 『시련』(민음사, 2012)

3부 • 블루밍 Blooming

라이먼 프랭크 바움, 김영진 옮김, 『오즈의 마법사』(비룡소, 2012)

마거릿 폴, 정은아 옮김, 『내면아이의 상처 치유하기』(소울메이트, 2013)

루이자 메이 올콧, 황소연 옮김, 『작은 아씨들』(비룡소, 2018)

루시 모드 몽고메리, 원재길 옮김, 『빨간 머리 앤』(비룡소, 2018)

로이스 로리, 장은수 옮김, 『기억 전달자』(비룡소, 2007)

미하엘 엔데, 한미희 옮김, 『모모』(비룡소, 1999)

켄 리우, 장성주 옮김, 『종이 동물원』(황금가지, 2018)

한스 크리스티안 안데르센, 김경미 옮김, 『인어 공주: 안데르센 동화집』(비룡소, 2005)

플라톤, 『소크라테스의 변명·크리톤·파이돈·향연: 플라톤의 대화편』(현대지성, 2019)

블루밍

다시
열일곱 살이
된다면

1판 1쇄 펴냄 2021년 10월 5일
1판 2쇄 펴냄 2021년 11월 10일

지은이 정여울
발행인 박근섭·박상준
펴낸곳 (주)민음사

출판등록 1966. 5. 19. 제16-490호
주소   (우편번호 06027) 서울특별시 강남구 도산대로1길 62(신사동)
          강남출판문화센터 5층
대표전화 02-515-2000 | 팩시밀리 02-515-2007
홈페이지 www.minumsa.com

ⓒ 정여울, 2021. Printed in Seoul, Korea

ISBN 978-89-374-3875-2 (03800)